U0081166

新機動戰記鋼彈W 冰結的淚滴

NEW MOBILE REPORT GUNDAM W Frozen Teardrop

隅沢克之

4 連鎖的鎮魂曲（下）

Kadokawa Fantastic Novels

封面插畫／あさぎ桜、KATOKI HAJIME
插畫／あさぎ桜、MORUGA
日版裝訂／KATOKI HAJIME

連鎖的鎮魂曲

MC檔案3（上篇）

「這架機體會讓駕駛員看到敵方的作戰動向，以及自己的未來……我的未來沒有選擇的餘地。

如果你駕駛這架機體，得到的是與我相同的結果，那麼就與我一起告別這個世界吧……」

「你為什麼要製造這種機體？」

「我認為人類的存在意義就是持續不停戰鬥，我在戰鬥中卻找不到結論。我的『戰鬥』雖然結束了，但仍必須找出『戰鬥行為』的結論。我想『鋼彈』會是最合適找出結論的ＭＳ。我希望祝福『勝者』與『敗者』，而這架正是足以找出結論的機體。」

「你以為你造就了神嗎？」

「或許……只要戰士專心致志地懷著鬥志，這架機體具備的功能將會去除其迷惘……不迷惘的戰士既崇高而美麗……就這層意味而言，不正是最接近神了嗎？」

——AC195 Luxembourg——

Treize & Heero

「要達成完全和平，有三要件。

一是摒除所有的兵器。

二是翦除人們的鬥志。

而最後一項則是——」

——AC195 EVE WARS——

Miliardo

MC-0022 NEXT WINTER

我的名字是麥斯威爾神父。

是會逃也會躲，就是不會騙人的麥斯威爾神父。

這座位於火星北極冠的預防者基地中，莎莉・鮑的女兒：凱西，目前正戴著虛擬眼鏡，用「傑克斯檔案」親身體驗此人的過去。

「喂……」

這座基地的負責人，也是預防者火星分局局長的張老師向我說：

「你那兒子傳來報告了……聽說是眼睜睜讓人帶著普羅米修斯走了……」

「哦?真是了不起……該說，不愧是卡特爾的妹妹吧。」

「……那群沒用的傢伙。」

老師咂舌一聲罵道。

這種時候，就該小小地放個話。

「所謂老而彌堅，由我們出馬，說不定會比較好吧？」

「是該這麼做……」

「不過這座基地就只有你的ＭＳ吧？」

「嗯……我還沒駕駛過，但有自信能上手。」

「算了算了……已經不是我們的時代了。」

而且在「完全和平程序Ｐ．Ｐ．Ｐ（Perfect Peace Program）」已經發動的現下，我們也無能為力。能阻止的，就只有希洛．唯而已。

「但是『昔蘭尼之風』還在作戰。」

「那傢伙是放不下自己犯下的罪過，就隨他去吧。」

我心中突然浮現了那傢伙的臉，他把自己取作在昔蘭尼吹拂的「風──ＷＩＮＤ」。

我再見到他，已經是多少年前的事了呢？

MC-0017 FIRST SUMMER

那時候——

我騎著搭檔：１５００ＣＣ的大型摩托車，過著沒有目標的火星摩托車旅行。

停留在定點並不是我的個性。

世間雖然以氣墊摩托車跟三輪車為主流，但我就是喜歡騎著二輪的摩托車往崎嶇的道路急行，會讓人稱作偏執的怪人也是和合情合理。

在耀眼的小小太陽底下，馳騁在荒涼的火星大地上，那猛烈而混著沙石的西風正好配上我粗獷的心靈。

雖然我冠上神父之名，但從來就沒有做過像是神父的事，也一點都不想靠近教會那種死板的地方。

而且在我這身黑衣底下，永遠暗藏著霰彈槍，一路也記不住我到底殺了多少個不法惡棍了。

說實在的，或許將我討生活的工作稱為「賞金獵人」還比較好理解。灑脫地戴緊一頂牛仔帽，經過一處孤單座落在沙漠正中央的小鎮；白天就喝著波旁威士忌或是龍舌蘭酒，玩玩老千撲克牌；到了晚上就去找個賣春女耍耍嘴皮子，最後被他們甩掉。

對我來說，火星就是可以享受自由與荒廢生活的最佳場所。

那天，我經過位在水手谷北方大沙漠中，局地改造環境下的小鎮「昔蘭尼」。

空氣濾清器的油氣過濾器已經撐不住了。

在沙塵中奔馳，會這樣也是沒辦法的事，進氣口再過五個鐘頭就會阻塞。

我的搭檔是二輪驅動引擎，必須多花點心思照料才行。

「昔蘭尼啊……」

雖然圍在巨蛋之下，這小鎮卻是沙塵瀰漫的荒野不法地帶。

我把搭檔停在酒吧前，走進酒吧，坐在吧檯邊的椅子上。

「波旁……有野火雞的話，你也一杯。我請客。」

在我點了酒之後，馬上就有一杯倒了「火水」的小玻璃杯從吧檯桌面上滑了過來。

我一口乾了這杯之後，詢問酒保：

「我聽說這個鎮上有名上校……」

酒保喝下一口野火雞的臉色瞬間鐵青起來，微抖的指尖指向後方的座位。

那裡圍坐著四名男子，正在玩撲克牌。

我馬上就看出其中一名背對我的人就是「上校」。

他從我走進這間酒吧時，大概就一直感覺到殺氣，而不動聲色地留意著吧檯。

我知道這地方有個槍手，名叫「拉夫洛伊格．皮特」。

我把錢放到吧檯，從坐位上站了起來。

逃軍的這個人，周遭的人都管他叫作「上校」。

其實他的階級大概只到中士吧。

我站在四人座位的旁邊，朝著坐在最裡面，一臉矬樣的胖子溫和地伸出掌心，往他臉上按住並將之從椅子上推到地上。

「小子！」

我是如此有禮貌，一臉矬樣的胖子卻想找我理論。

他的聲音如我所料，並不順耳，所以我就將霰彈槍的槍口指向他。

我手指按在扳機上，不過並不打算殺他。

只是我很討厭吵雜，要是他再敢廢話，我就會一槍幫他的腦袋開天窗。

這個人雖然一臉矬樣，人胖，口音又重，但看來還挺寶貴自己的性命。

在我點起一根香菸時，他便乖乖離開了酒吧。

這個人稱上校的拉夫洛伊格還坐在我的眼前。

其他一起玩撲克牌的牌友早就一哄而散。

「你……你是麥斯威爾神父嗎？」

我的外號在這種偏僻的地方也派得上用場啊。

似乎變得小有名氣了。

拉夫洛伊格睜大著眼睛盯著我看。

然而我的作風就是用問題去回應別人的問題。

我吐出一陣濃煙後，開口說：

「你知道昔蘭尼學派嗎？」

開在圓桌上的撲克牌，都是些糟透了的牌。

要是有個一對4還是5的牌，就比剛剛這裡那些豬的要好多了。

「那是古代希臘的哲學……從蘇格拉底衍生出來的享樂主義之一，後來走向功利主義，過去曾經被稱為『豬哲學』。」

「小……小子，你是怎樣……想對本大爺說教嗎？」

他又開口問了。

這次我則是忽略作風，不理會他的提問。

我把香菸往菸灰缸上捻熄，繼續說：

「昔蘭尼學派認為快樂是好，痛苦是惡……我也不是很清楚，後來有個昔蘭尼學派的哲學家得出了終極快樂的結論。」

「完全不知道你在說些什麼。」

這時候，有個男子站到拉夫洛伊格的背後。

此人一頭金色短髮，戴著太陽眼鏡，肩上披著一件長大衣，留著落腮鬍和有著自嘲意味的嘴角令人記憶猶新。

「……！」

戴太陽眼鏡男子將步槍抵在拉夫洛伊格的後腦杓說：

「快樂就是沒什麼痛苦的狀態……」

我很清楚這個人的面孔。

「換言之，終極的享樂就是完全沒有痛苦的狀態，意味著『死』……」

「你……你們想幹什麼……」

拉夫洛伊格舉起了雙手。

「你也是跟神父一伙的嗎？」

「不是……是被你殺死的艾爾維·奧涅格的朋友。」

拉夫洛伊格的臉色逐漸變得蒼白。

看來是心中有底。

我向這位老相識開口：

「慢著，這傢伙是我的獵物呀。」

「我的目的並不是這個人的懸賞賞金……只是要拿回他從艾爾維身上拿走的東西……」

拉夫洛伊格的牙齒開始打顫。

雖然是頭笨豬，但我還是感到有點過意不去，便給了他一點建議。

「喂，上校……你是『DEAD or ALIVE』的凶嫌，想要活命的話，還是老老實實招了吧。」

「那……那個是……」

我開口告訴拉夫洛伊格，那個把槍口指向他的男子到底有多麼危險。

「這個人可是我完全比不上，貨真價實的危險分子……他殺掉的人數，可不是一兩百而已，是已經上萬了。」

雖然有點誇大，但意思差不多就是這樣。

「我知道了……我說！」

男子把步槍往上一移，等待拉夫洛伊格繼續說下去。

「…………」

「我賣給了諾恩海姆康采恩（註：Konzern。德語。高級壟斷組織形式，類似於企業聯合。一般情況下是由集團中的銀行以及其他金融企業來擔當控股公司）……」

「賣給了諾恩海姆康采恩的誰……」

「總公司幹部級的人，我不知道名字！我會殺艾爾維少校，也是那些諾恩海姆的人委託的！」

「…………」

「我知道的就這麼多了……那東西現在在哪裡，我並不知情！」

「是嗎……」

男子說到一半，就往拉夫洛伊格的腦袋開了一槍。

我看到沾了血的子彈，從拉夫洛伊格的額頭旋轉穿透而出。

「好危險！」

因為是我，才躲得掉這一槍。要是其他人，早就被子彈掃到而死了。

「你是連我都要殺嗎？」

「算是順便。」

我憐憫地看著倒在圓桌上，已然死亡的拉夫洛伊格。

「就算不殺，賞金也不會變啊。」

「我剛才說過，我的目的並不是賞金。」

桌子上已經染成一片血海。

「既然這傢伙殺了艾爾維，那他就沒有其他路可走……」

「你這傢伙還是一樣危險……」

「哼……輪不到你說，鋼彈駕駛員。」

「嗯……上次見面，是在地球的布魯塞爾吧？」

這名男子過去人稱「閃電侯爵（傑克斯·馬吉斯）」，而本人則自稱「亡國之子（米利亞爾特·匹斯克拉福特）」，代號是「滅火之風（Wind）」——

我們走回吧檯座位，為重逢乾杯，也慶祝動手幫那頭笨豬離開這個充滿痛苦的人生。

「我真的可以去領那傢伙的賞金嗎？」

「嗯……因為我有聽說，你還是一直在捐錢給休拜卡孤兒院。」

「我則聽說，好像是你帶領這顆火星脫離地球方面而獨立了？」

「那個米利亞爾特．匹斯克拉福特並不是我，這種事你應該早就知道了吧……我原本就對政治沒有興趣。」

「可是在星星王子裡的莉莉娜．德利安是本人吧……」

「那是人質……所以我安排露克蕾琪亞……不，諾茵到總統府擔任護衛。」

野火雞馬上就被喝完了。

「那我問一下……那個聯邦政府的總統是誰？」

「迪茲奴夫．諾恩海姆……諾恩海姆康采恩的董事長兼社長。」

我整個人熱得像是要燒起來似的。

居然聽到這個討厭傢伙的名字。

「這個人就是……那個，對吧？」

「就是年紀差很多的……諾茵的親哥哥。」

「…………」

我們的酒換成了龍舌蘭酒。

「營利企業的社長還兼任政客啊……這嚴格來說是違憲的吧？」

「所以他化名為米利亞爾特……還冠上匹斯克拉福特來博取名聲。」

「哦……諾恩海姆還是一樣在搞這種骯髒的把戲。」

我咕嚕一聲，乾了火辣的龍舌蘭酒。

同時把這件事記在心裡。

這個偏執狂已經醉得差不多了。

感覺話比以前還要多。

「那麼……」

接下來要怎麼辦？

我本來想這麼問，但還是算了。

這個人的行動就像電光一樣快速又確實，比任何人都理智。

就算對手是愛妻的娘家，當他決定開戰，就會拚上性命徹底戰勝對方，這就是他的信念。

他其實是很苦惱的吧，我想。

「那麼……現在要怎麼稱呼你？」

我乾掉了第五杯的龍舌蘭酒後問。

「還是叫『風（Wind）』就可以了吧？」

「這小鎮叫作昔蘭尼吧……」

「是啊……」

「那麼，你就叫我『昔蘭尼之風』。」

「以後要走享樂主義路線嗎？」

「不……我記得這名字在希臘神話中，是殺死獅子的勇敢妖精才對。」

「父親大人，我們該走了吧？」

站在我們背後的，是個大概七歲的可愛女孩子。

雖然穿著像在農場工作的工作服，卻散發獨特的氣質。

她的容貌端正，由金色捲髮編成，落在左右兩邊的辮子頭搭配臉上的雀斑，給人好勝的印象。

「我跟你介紹……她是我的妖精（昔蘭尼），娜伊娜·諾恩海姆。」

「我是娜伊娜·匹斯克拉福特！我想要繼承母親大人的意志，成為莉莉娜大人的騎士！」

「這位就是你跟諾茵的……？」

「是他們不成材的女兒。」

說完之後，娜伊娜就點頭向我致意。

老實說，她很像剛認識沒多久時候的莉莉娜。

「他是父親的舊識嗎？」

「他是神父……麥斯威爾神父。」

「雖然看起來很老，但比我還要年輕。」

「都是這星球害的啦……」

這是愛流浪的代價。

我還搞不太懂火星曆。我來到這顆行星差不多是過了兩年還是兩年半（以地球

而言是四、五年）吧。但就在這短短的時間內，我的外表已經變得跟那個落腮鬍的傢伙沒什麼兩樣了。

這種急速老化現象的火星地方疾病，原因到現在都還沒有查明。似乎會因人而異，也有地區上的差異。

我的年齡以AC曆而言，記得是才剛到三十歲；但這都不重要，在我於火星上到處漂流的這段期間內，年紀什麼的就變得無所謂了。

「在這邊碰面也算是緣分……我有件事想拜託你。」

我的酒頓時醒了。

「麻煩事就免了。」

撿便宜的酒就是這樣。

「若是賞金範圍內的事，倒可以考慮。」

「可以想辦法幫我將娜伊娜安置在休拜卡孤兒院嗎？」

「為什麼，真過分！到底是為什麼，父親大人？」

「我發現目標了……以後的旅程跟之前會截然不同。」

如果他的對手真的是諾恩海姆康采恩的話，帶著諾茵的女兒行動會太過危險。

「好，路途雖然有點長，我就幫你帶到希爾妲那裡吧。」

「我拒絕！我要跟著父親大人到天涯海角！」

「爸爸是昔蘭尼之風……一定會回去接妳的。」

「可是……」

「爸爸跟妳約好的事，以前有失信過嗎？」

「沒有……」

「那就相信爸爸，跟他一起走吧。」

娜伊娜遺傳自西斯克拉福特家特徵的藍色眼眸，堆出了滿滿的淚水。

「我知道了……」

「抱歉。」

「我會遵從父親大人的教誨，堅強生活。」

父親與女兒彼此緊緊相擁，捨不得就此別離。

「哎呀哎呀……」

我或許是答應了一件棘手的事。

「不過呢，酒後畢竟還是不可以騎車……」

我又叫了一瓶龍舌蘭酒，整瓶往嘴裡灌，然後就倒在吧檯上睡了起來。

我只會這種親切待人的手法。

「出發時間……就定在明天下午吧……晚……安……」

隔天下午，我和已經作好旅行準備的娜伊娜一走到酒吧的外面，就看到昨天那些玩牌的牌友和矬臉胖子的屍體四處倒在地上。

「父親說是餞別禮……請用作旅費。」

看來在我睡著的時候，那傢伙幫我把來尋仇的惡棍都收拾掉了。

這些人雖然都跟拉夫洛伊格一樣有懸賞賞金，但因為不高，我就沒理會。

不過積沙也會成塔，這樣加起來，金額也變得可觀起來。

不但旅費足夠，這些錢就算是當作休拜卡孤兒院的捐款也綽綽有餘。

只是，這可真是血腥的餞別禮啊。

而且就算是不法分子，對生命的價值觀太過廉價也是個問題。
再者，對這樣的情況完全無動於衷的娜伊娜，也只有佩服可以形容。
是習慣？還是坦然接受了命運？不管是什麼，都是個堅強而令人同情的女孩。
何況——
對可以充分享受自由與荒廢生活的火星世界，這樣的景象已是家常便飯。

MC-0017 NEXT SUMMER

我讓娜伊娜坐在我搭檔的後座，然後我們就往馬爾斯大陸的東方一路前進。
要穿過水手谷的寬敞河床時，我會換上泥地胎。
而到了廣大的沙漠，我就改用船槳胎穿越。
因為胎塊馬上就會磨平，一路上，去了好幾次局地改造環境內的小鎮修理。
「現在這時候，居然還有笨蛋用這種摩托車橫越火星，真是沒看過。」

旅程中常聽到別人這樣講。

但是他們根本什麼都不懂。

只有騎車旅行才品味得到的辛苦，是會轉變為快樂的。

穿過赤道之後，接著就是往南下走。

我來到了離希爾妲經營的休拜卡孤兒院所在國家：拉納格林共和國數十公里外的地點。

不過浮現在我心中的並不是許久不見的希爾妲那令人懷念的容貌，而是掌握我背後小姑娘命運的諾恩海姆康采恩。

我以前畢竟是太空清道夫集團的一員，曾去清理過宇宙的廢棄物。

自認為還是有常識程度的知識。

記得諾恩海姆康采恩，應該是在ＡＤ曆的後期成立。

德國話意思是「新家」的這個營利團體，為了離開已經被榨取殆盡而貧乏，呈現慢性經濟危機的窮困地球，搖身一變成為開發太空的複合式企業集團，積極不斷地協助民眾移民宇宙。

長住型的宇宙站在ＡＣ曆初期完成，而這就是宇宙殖民地的原型。將資源衛星移往火星與木星間的小行星帶，建立起建造殖民衛星的根基，也不能不說是這間諾恩海姆公司的功勞。

但他們當然是得到了基礎技術的專利，並形成每當一座殖民衛星完成，就會有大筆不勞而獲的錢財進到這家企業口袋內的循環。

反過來說，這樣的利益壟斷，事實上也拖慢了太空開發工作及殖民衛星建設作業的計畫。

其證據就是從諾恩海姆公司的專利權消失的ＡＣ１３０年左右起，第二次殖民衛星的建設潮即如雨後春筍般發生。

行動原則是基於市場基本主義或功利主義這種以利益為優先的思想方式的諾恩海姆公司，於是便從專利權消失而開始停滯不前的宇宙殖民衛星開發事業，轉而開始著手可實現光明未來的「行星改造計畫」。

而他們的第一個目標，就選在這顆火星。

不管是密閉式巨蛋型居住環境的開發工作，還是將人工氯氟散布於大氣，藉由溫室效應促成暖化，甚至是為了更有效率地運用資源而建立通連火衛1弗伯斯的宇宙電梯，都是該計畫的一環。

米利亞爾特總統（其實是迪茲奴夫・諾恩海姆）在這段期間的演講中，特意將火星曆的元年MC-0001年追溯到那行星改造戶的那一年，便強烈地散發著那令人作嘔的企業形象宣傳臭味。

但話說回來，這火星開發工作並沒有幫他們賺到什麼錢。

已經習慣地球環境的人類，並不想要遷移至空氣濃度稀薄，引力只有三分之一的火星上。

理由就跟月面居住計畫以失敗作結的情況一樣。

他們只要有地球跟位於周遭的殖民衛星就夠了。

火星就物理距離而言，距離也太過遙遠。

而且這時候的地球圈，到處在發生地區紛爭。與其去開發太空，製造MS之類的武器還更有利潤可圖。

在我的記憶中，我記得資源衛星MO-Ⅶ剛好就是在AC187年時墜落至阿爾吉爾平原，但真有可能會發生這樣偶爾的事嗎？

我猜想這根本就是諾恩海姆刻意幹下的勾當。

之所以會認為是刻意而為，是因為那顆資源衛星上裝載有「歐羅巴藻」，這就火星開發工作而言也未免太過於巧合了。

這可疑程度遠超過我本人，流露著滿滿的造假味。

當時的諾恩海姆康采恩的社長諾貝．諾恩海姆（諾茵的父親）大概會這麼說吧：「行星規模的環境破壞行為根本算不了什麼，比起靠人命互搏賺錢的那些企業（這裡指的是羅姆斐拉財團或巴頓財團），我們已經算是很人道了。這般為了之後人類而做的行為，我相信將會轉化為絕大多數人的最大幸福。」

這真是會讓人興起無名火的典型市場基本主義想法。

這種事當然不可能留下紀錄，終究是我自己的猜測，但想必不會有錯。

話說回來，經過種種事情後，目前火星移民者的主要組成，是由那些對於地球圈的「完全和平」感到無所適從的自由主義分子，以及對市場開拓感到興趣的功利主義分子所占據；剩下來的則淨是些在地球圈已經混不下去，因此逃出來的不法分子或是惡棍。

而他們就在法律管不到的地方恣意妄為，隨心所欲。

託他們的福，對於既沒權力也沒金錢，又討厭爭吵的弱者來說，這顆火星簡直就變成了一塊災難地。

特別是女人及小孩子得面臨對他們極端不利的環境。由於到處都發生紛爭及恐怖攻擊活動，不管是戰爭孤兒還是賣春女的數量都是只增不減。

未受選的人，沒有夢想，也不會有希望。

相對的，如果對自己的能力跟膽量有自信，就可以盡情謳歌自由。

所以這對我這種人來說，算是個很合適的地方……

熟悉的山丘出現在眼前。

那山就像是駱駝背上的雙峰。

越過那駱駝山丘，就會到達休拜卡孤兒院。

平常的話，我會以兩段跳躍翻過去。只是既然後座有個小姑娘坐在上面，我便收斂起那粗暴的舉動。

我放慢速度，慢慢地爬上爬下地過了第一座山丘，而下一座山丘也一樣。

因為過去從來沒這樣做過，希爾妲並未發現我和搭檔已然來到。

「咦，神父？」

八個圍著希爾妲修女的孤兒正在吃那遲來的午餐。

「嗨，你們還好嗎？」

希爾妲從許久之前，就代替我管理這間孤兒院兼教會。

她還年輕，而且還算是個美女。其實她早該忘了和我的那份孽緣，找個小康家庭嫁進去就好了。但她還是一樣，老是抽到壞籤。

真是的，從來沒看過比我還要刻苦耐勞的人。

對了，這顆星球的政府會向宗教抽取稅金。

這倒不是什麼稀奇的事。

不過福利衛生政策卻是有跟沒有一樣。

原本也是可以取作迪歐孤兒院或是麥斯威爾教會，但放個凶嫌的名字在上面，那可不知國稅局的人會來找多少麻煩了。

所以取自希爾妲姓氏的休拜卡教會才就此整裝開業。

不過實際上在做的，主要是養育因戰爭而產生的孤兒，並想方設法地尋找打算收養孩子的善心人士。什麼引導迷途羔羊的福音之類教義，可是一次也沒有教過。

我以緝凶賞金跟出老千賭博賺來的髒錢都會送到這裡，但既然是從壞蛋手中得來，就肯定不會是正當錢財。我也很明白這樣做並不正當。

但是給那些餓著肚子的小鬼用的飯錢，我想不用區別什麼好錢或壞錢吧。

我做這件事並不是為了要讓人稱讚，所以我想怎麼做應該都無所謂。

希爾妲也笑我：「你這個人，話一旦說出口，之後不管怎麼勸都沒用啦。」

我把娜伊娜介紹給希爾妲。

原來的八個孩子都比她年紀小，所以娜伊娜突然就成了大姊姊，要去照顧底下的孩子。不過既然她本人不在意，我也就沒有必要感到歉疚了。

希爾妲修女拉了拉我的袖子。

「她是在哪裡撿來的？你是有戀童癖嗎？」

「希爾妲，妳講話真是越來越惡毒了耶。」

「是誰害的啊……應該又是有什麼原因吧？真是拿你沒辦法……」

「拜託妳啦……應該馬上就會有個以風為名的傢伙來接她回去。」

娜伊娜一下子就已經跟那八個小鬼打成一片，成了大家喜歡的大姊姊。

我注意到其中一個眼神不善，四歲左右的小鬼。

「那小子是哪來的？」

「他是最近才來的流離孤兒……因為跟你長得很像，我還以為是你跟哪裡的女人生下來的呢。」

許多女性的面孔一瞬間在心中飄過，但都沒什麼印象。

況且就年紀來說，不正是我跟希爾妲開始交往的時候嗎？

那個眼神不善的小鬼並不理會我和娜伊娜，自己到了外面去。

希爾妲注視小鬼的背影，偷偷貼在我耳邊小聲說：

「我是先給他取名叫作迪歐……等他頭髮稍微變長之後，就給他綁個辮子……

跟你一定就像一個模子刻出來的。」

「少說這種怪話啦，我怎麼說也算是個神父。雖然會逃也會躲，但卻是個守身如玉的麥斯威爾神父。」

「說謊不打草稿，只是都被別人甩掉而已吧……你這個花心漢子！」

「喔！可不要再重提往事啦……我一開始不就講過，我是這樣的男人嗎？」

「是是是……」

「要回答，一次就夠了。」

「是是是是是……」

「…………」

看來不管是我的建議還是怨言，什麼都不打算聽就是了。

她還真是討厭我。

希爾妲拍了拍手，叫那些吵鬧的小鬼注意自己之後說：

「好了，你們！大神父就要出門了！大家笑著送他出去吧！」

「神父，路上小心！」

看來是連休息一下的空閒都不肯給我。

至少讓我抽一下菸吧？

算了，像我這般流氓樣的人在這裡，確實會教壞小孩子。

「我這就立刻滾出去。」

我到了外面，朝著搭檔走去，便看到那個眼神不善的小鬼正在亂動車子引擎。

「喂，小鬼！你在亂搞什麼啊？」

「居然是騎二輪驅動的摩托車，興趣還真是與眾不同呢。」

「哼，不懂還敢裝懂。」

「油壓驅動的前輪因為上面濺到泥巴而加重了負荷耶！這樣子騎起來，扭力會比後輪要低而摔車喔，我說真的。」

「看……看來你還懂得一點皮毛嘛。」

難怪最近騎的時候，覺得不太夠力。

「我幫你清理好了……而且還順便更換了油氣過濾器。」

小鬼絲毫沒有露出神氣的表情。他將沾滿泥沙，整個黑掉的過濾器丟到了垃圾桶，並開口說：

「放在後座下面的東西，用了沒差吧？」

「呃……喔……多謝啦。」

小鬼盯著我的臉問：

「你就是我的老爸嗎？」

「不——不是啦！」

「臉很像啊。」

「只是剛好很像而已啦，臭小鬼……」

我跨上搭檔，一啟動引擎，便聽到前面確實傳出悅耳的聲音。

「你知道你媽媽的名字嗎？」

還是先確認一下他心裡有沒有個底。

「不知道啦！我生下來就一直是一個人啊！」

「那以後就快快樂樂過活吧！」

「在這裡？我可不會讓那個阿姨剪我的頭髮。」

「哈哈哈……記得死也不可以讓她給你綁辮子！」

「當然的吧，笨蛋！」

「可不要讓希爾妲修女哭喔！」

「你才是，不要做事隨隨便便！」

「我走啦，迪歐！」

「不送了，臭老爸！」

我猛踩油門，疾馳離開了現場。

我頭也不回，以二段跳躍方式過了眼前的駱駝雙峰。

真是個不可愛的臭小鬼！這就是我跟他第一次交談時的印象——

MC-0022 NEXT WINTER

凱西脫下虛擬眼鏡，回過頭來問：

「神父，這是真的嗎？」

「算吧……總之不是假的。」

我隨口一答。

雖然我會偷吃也會出老千，卻是個老實的麥斯威爾神父。

「這樣的話，那個拉納格林共和國的傑克斯．馬吉斯上級特校又是誰？」

「並不是本人，也不是複製人，更不是備用品……那有可能的會是……」

「幽……幽靈嗎？」

「本人還活著喔，自稱是『昔蘭尼之風』……」

「那就是靈魂出竅？」

「為什麼會往這種不可能的方向想啊……」

「變裝或是整形呢？」

「也都不是……」

「為什麼你可以這樣肯定？」

「就是可以……以前我太太曾經潛進一艘叫作天秤座的戰艦，那時候……」

就在這時，地下的ＭＳ機庫突然響起緊急出動的警報。

「張老師！」

凱西對著主螢幕呼叫那個衝動的大笨蛋。

他跑去駕駛這座基地內的ＭＳ了。

『我是張五飛！』

那年輕活力的聲音和面孔，都跟過去一樣。

『監視衛星的螢幕上出現從拉納格林共和國出動的四架機體機影！』

「四架？」

「難道是傑克斯？」

五飛燃起熊熊鬥志，又冷冷地說：

『確認機體並掃描完成，機體編號也比對完畢……三架是ＯＺ-03ＭＤⅣ「比爾哥Ⅳ」，還有就是機體編號ＯＺ-13ＭＳ的「次代鋼彈」！』

「鋼彈……」

「他們終於也出動了嗎……」

「我馬上安排支援。」

『沒有必要派什麼支援！我一個人就可以打倒他們！』

五飛搭乘的機體，是右手裝備神龍鉗，左手拿著光束三叉戟的白色ＭＳ。

『代號：哪吒……預防者緊急起飛！「白色次代」出動！』

ＭＣ檔案３（中篇）

「從拉納格林共和國出動的四架ＭＳ已經確認完畢。如同張老師所說，確實是『次代鋼彈』和『比爾哥Ⅳ』。」

凱西看著虛擬螢幕上的作戰資料，同時向我報告。

我不是預防者的人，也不是什麼大人物，其實語氣可以不用那麼客氣。

我從凱西的背後窺看螢幕，親眼確認「次代」。

沒錯，確實就是它。

是記憶中的紅與黑。

以前我曾經挑戰過那架機體。

那是在後來叫作「ＥＶＥ　ＷＡＲＳ」的會戰之前，像是前哨戰的時候。

那時候的隨同機體，記得是三架ＭＤ「比爾哥Ⅱ型」。

印象中相當地棘手。

「那麼，他們的目標想必就是……」

「對方走的是往西南方大幅迂迴的路線。」

凱西操作著各式模擬畫面表示。

「這個方位是……奧林帕斯山。」

果然不是克里斯，也不是埃律西昂島啊。

「所以他們要的並不是卡特莉奴小姐，而是『白雪公主』和『魔法師』了。」

「要將這件事告知希洛．唯和迪歐．麥斯威爾嗎？」

「五飛和他們照面的時間會是什麼時候？」

「計算結果是火星時間的三十分鐘之後。」

「是嗎……還是先知會『VOYAGE』的堺艇長會比較好吧。」

「收到……」

每次應對都很細膩。

「我聯絡完之後，會馬上回來確認檔案。神父您請先坐在沙發上休息。」

我看起來真的那麼像個老頭子嗎？

我可是覺得自己還很年輕呢。

話說在前頭，我年紀可比你的老媽還要小呢。

這句話差點脫口而出，但又吞了回去，改成別的話題。

「這個狀況下，就先別管檔案了。」

「可是……」

「那個再說，凱西……妳有辦法即時監控五飛他們的戰鬥狀況嗎？」

「如果駭進火星聯邦軍的監視衛星，也許……」

「妳就試試看吧……」

就算是預防者，這也不是輕而易舉的事吧。

要是最後都沒有被發現，就值得拍手了。

平常的駭客絕對辦不到，就算是我和希洛也應該不可能。

如果是弗伯斯那個不多話的小鬼，或是卡特莉奴小姐，或許花點時間就可以辦到了吧。

聯邦軍的監視衛星，其保全設計就是這般嚴密。

要是她可以在五飛和傑克斯接觸前辦到，那就為她說教一番，當作獎勵吧。

話說回來，我——

一直以來都是過著無聊至極的人生，但仍然決定活到最後一刻。

那傢伙一定會說「你的臭命，就連拿來擋子彈的價值都沒有」吧。

那傢伙——希洛．唯身上背負著不可承受之重的任務，我自覺有必要看到最後。

這就叫作死黨。

就算那傢伙不這麼想。

我跟希洛的交情由來已久，既然到了這個地步，那是非捨命陪到底不可了。

或許我看起來已經像是個老頭子，但心裡面跟小鬼頭的時候可沒有什麼不同，讓我稍微用點禁藥的話，絕對不會輸給這些年輕人。

雖然我不像剛才出動的那位衝動大笨蛋那樣，但操縱鋼彈這等小事，我還有自信辦到，而且我覺得自己的技術當然是比那傢伙還要好。

從一開始，我就沒打算讓那些小鬼坐上我搭檔的駕駛座。

但話又說回來，我的搭檔早就已經不存在了——

還有三十分鐘的空檔。

就請大家來聽個故事吧。

以火星曆來說，那差不多已經是九年前……不，十年前了吧。

為了方便起見，我等等要講的都是用ＭＣ曆，實際上那時候用的還是ＡＣ曆。

但是季節都已經變得亂七八糟了。這顆星球的自轉週期以二十四小時換算的話，又還多出了三十七分鐘。

就是所謂的「深夜又三十七分」。

這實在麻煩。

那個時候用的是每一小時多分配一分三十五秒進去的ＡＣ曆火星時間（Mars Time），但馬上就被廢除。

因為時光飛逝如箭，才不會管你要計算什麼閏秒呢。

況且那些想要「自由」的人，就是因為厭煩什麼時間、過去、歷史、主義之類的事情，才會跑出地球圈，來到這塊「新大陸」。因此沒理由要一直執著在ＡＣ曆這種概念上。

地球圈的人就是因為注重秩序及傳統，才會那麼寶貴自己的「價值觀」及「歷史」吧。

這點我也同意，但硬要我們接受的話，可就太多管閒事了。

火星跟地球不管是交流、經濟、歷史，幾乎都是互不往來，所以我們火星人（Martian）的心聲就是：「地球，不要再管我們啦！」

不管什麼方面都一樣——

那故事的開頭，以地球的時間來說，已經是將近二十年前的時候，差不多都要發霉風化了。

MC-0012 FIRST SPRING

那時候的我對生活感到無聊。

對未來沒有興趣。

滿腦子只有酒和香菸的味道。

每天都過著通宵達旦的日子。

什麼殖民地啦，地球圈啦，全都無所謂。

昨天之前的事也讓人心煩意亂。

可是，我還是把自己叫作「迪歐」，留條垂到腰際的長辮子。

「名字那東西，別人愛怎麼叫就怎麼叫囉。」

我只要有個歸所就夠了。

當時我心中這麼想。

然而——

明明應該已經了結，但卻什麼都沒有了結。

季節如物換星移般從我的眼前經過，我的內心卻依然停滯不前。

我想著，早知道如此，跟那傢伙一樣進入冷凍艙中還比較好。

——我只有個忠告。

那傢伙一定會這麼說。

——……裡面冷得要死。

哼，真是可笑。

大概就是在這個時候——

我開始想要和一路上分分合合，輾轉同居至今的希爾妲．休拜卡告別，去火星瞧瞧。

就在我苦思要說些什麼傷人的話來告別時，希爾妲卻先我一步開口：

「告辭了，迪歐……我已經對你感到厭倦了。」

這是怎麼回事？

為什麼不是我先開口？

「你啊，一想到什麼就會馬上寫在臉上。」

「啊？」

「你真的很沒用……老是在想著以前的事。」

她用力拉著我的頭髮，將我批評得一文不值。

「留這條辮子是想怎麼樣？我不管那是海倫博士還是米蘭修女，總之一直緬懷過去，你覺得很快樂嗎？你以為這樣很帥嗎？我告訴你，難看死了！」

「很痛很痛……很痛啦。」

「我走了！替我跟你那個叫什麼索洛的搭檔打聲招呼吧。」

希爾妲猛地一甩門，離開了現場。

即使是我也感到受傷了。

我氣自己連句辯駁的話都說不出來。

酒醉又讓我壯了膽子。

「等等啊，喂！」

我馬上往希爾妲的身後追去。

「等一下啦，喂！」

希爾妲像是要逃走似的飛快奔跑。

當我追上她，想要伸手搭住她肩膀的時候，她突然一個轉身，反過來抓住我的手臂。

「！」

還來不及反應，我的身體就被她翻在半空中，往地上摔去。

「再怎麼說，我可也是在ＯＺ宇宙軍待過！別小看我！」

她擺出士兵特有的架勢，凶狠地盯著我。

「不准靠近我到半徑９．４６拍米內！」

「９．４６拍米？」

我後來才知道，９．４６拍米就是大概一光年的距離。

「再靠近我的話，我就告你跟蹤，給我注意！」

如果把拍米換算成公里，那就是9兆4600億公里……她是已經討厭我到這麼大的天文數字了啊。

是叫我瞬間移動就對了。

「我在這個殖民衛星有認識的律師，一下子就可以辦好法律程序！」

被她連珠砲似的這麼一講，我伸手輕撫著疼痛的背腰，大聲叫喊：

「我懂了！我懂了！我不追妳了，妳愛去哪就去哪吧！」

「那我就恭敬不如從命，感謝你的寬宏大量！」

希爾妲一轉身，就這麼離開了。

她那背影讓我莫名地感到悲傷；那只是我的情緒反映嗎？還是我自以為是的認為她還對我有所迷戀呢？

不管是什麼，我深深覺得這對我來說，都是最壞的告別方式。

我的心情低落到了谷底。

這條辮子真是蠢斃了。

我遲頓又寡斷，遜到無可救藥。
可是，我卻覺得自己的人生這麼遜也只是剛好而已——

MC-0012 NEXT AUTUMN

我飛到了火星。
降落地方接近北半球的奧林帕斯山山腳。
雖說畢竟不可能做到一光年，但總得盡量離得遠一點才行。
並不是我怕被告。
就算被關起來，我也可以輕輕鬆鬆逃獄。
但既然已經讓人討厭，那這樣是最好的做法。
剛好可以讓我離開酗酒的環境。
而且我打從心底就喜歡流浪。

一旦待在同一個地方，我的屁股就會坐不住。

所以與其待在狹小的殖民衛星裡，荒涼的火星還比較合我的個性。

我在廢物商業者蒐集到輕型引擎和零件，組裝出一輛野地用的越野摩托車。就在我伸出滿是油汙的手臂，擦拭額頭上的汗水時，突然心中浮現了疑問。

「咦？火星有這麼暖和嗎？」

我以為是局地改造環境型巨蛋的維生系統出了問題。

但我一走到外面，卻嚇了一跳。

外面有小小的昆蟲飛舞。

另一側是海。

天空飄著雲。

可以不用一直戴著頭盔。

我深吸一口氣，那夾雜著沙塵的空氣在我的肺中擴散，讓我感到有點窒息。

「哦……人類還真是不得了啊！還真是搞成了火星的改造計畫！」

我相當感動。

小小的太陽在天空照耀。

弗伯斯逐漸往相反方向劃過。

「這真是了不起呀。」

這時候，我突然想到一件事。

對人類而言，最有價值的遺產究竟是什麼呢？

至少不會是這個世界，或是殖民衛星吧？

這些都只是科學技術進步帶來的成果。

也不會是金字塔或是羅馬的競技場。

不管有沒有那般的古代遺蹟，人類都不會有什麼改變吧？

並非是這種建築物，而是更深層，就像是人類內心的意識。

例如說潛力，或是無限向外拓展的開拓精神。

我也不是很清楚，但不管是什麼，肯定不會好到哪裡去。

因為人類這種生物雖然了不起，卻又一無是處。

在我眼前的這片光景，要看作是新希望的光明呢，還是看作無窮無盡荒廢的黑暗未來呢？這些都不關我的事。

我到底是怎麼了？

淚水滑過臉頰。

是為什麼？又為何是在這時候？我不禁思忖。

又不是小鬼了，絕不可能是因為這般的景色而感動。

那這淚水突竟從何而來？

是悲傷，還是後悔，抑或是欣喜？

孤獨。

輕鬆、自由，這般照道理對我來說是再合適也不過的孤獨，卻讓我莫名地感覺悽慘孤寂。

「…………」

我發誓，這時候我絕對沒有在想念希爾妲。

「呼啊～～～」

我打了個大哈欠。

伸了個懶腰之後，又回到組裝地點。

引擎必須從頭開始調整。

原本我是以為要穿著太空服騎車旅行。

現在可以催出更大的馬力，讓我感到高興。

事後回想起來，或許這時候還來得及也說不定——

MC-0014 NEXT WINTER

我一直騎著搭檔（８００ＣＣ的二輪驅動摩托車），享受那火星車旅。

最近這幾個月，從地球圈來的移民增加了許多。

大概是對那邊的和平生活感到厭倦了吧。

注射過火星地方疾病的預防疫苗，還有經過簡單的文書審核程序之後，就可以移民進來。

當然也不是沒有偷渡客。
其實我就是偷渡進來的。
習慣了三分之一引力的話，就沒什麼大不了。
可以不用頭盔就到外面走動，實在讓人覺得舒服。
我想大家一定是想要「自由」吧。
移民的人多到甚至一季就有數千人蜂擁而至。
連帶的，便成立了火星聯邦這個內情不單純的政府。
人口一多，相對地爭執也會增加。
一旦如此，錯把「自由」當作是「放縱」的混帳就紛紛冒了出來。
如果只是打架鬧事的話，警察或是警長還可以處理，然而一旦發展到恐怖行動和鬥爭，那就沒有辦法靠他們解決了。
總有一天會開始建立武裝軍隊吧。
無論如何，這對維持治安而言都是必要的。
由於地球圈的「和平法」並不允許擁有軍隊，火星聯邦只有獨立這條路可走，這都在預測範圍內。

明明可以不用這樣，我還是在火星的冬夜中奔馳。

時間大概就在半夜的「深夜又三十七分」。

我發生了事故。

二驅摩托車還真是惹不起積雪成冰的路面。

如果是４ＷＤ的話，大概只會打滑而已，但機車通常都會翻車。

這真是值得裱框的糊塗失誤。

什麼釘爪胎？根本一點用都沒有。

稍微灌了點酒精在胃裡這點也很不湊巧。

因為太冷而想要「暖和」一下身子，正是致命所在。

打滑使得我握不住龍頭而左右擺動，大燈的光便在岩壁上四處亂照。

我連撞到什麼而滑倒都記不清楚。

或許是為了閃避什麼路障也說不定。

唯一可以確定的，就是並非壓到了香蕉皮。

當我警覺到的時候，已經是整個摔了出去，搭檔也撞向岩壁而起火。

我因為安全帽和車衣的關係，頭、背脊和內臟都沒事，但左臂和雙腳就完了。

骨折倒是還好，更讓我痛心的是我覺得自己老了。

看著不斷燃燒的搭檔，我不禁悲從中來。

「可惡！痛——死了——啦！」

就算我再怎麼哭喊，也沒有人出現。

「開什麼玩笑，混帳————！」

我接著抱怨起火星的冬天及加速老化的地方疾病。

開始下雪了。

我對自己的迷糊感到悔恨。

自己一個人在這邊大聲嚷嚷，實在是蠢透了。

因為鼻屎般大的大片雪花紛紛往我那蠢態畢露的大嘴落下，我決定閉上嘴。

「啊嘎嘰嘰嘰嘰……呃呃呃……」

我咬緊牙關，但真的好痛。

話說回來，現在不是賭面子的時候了吧。

「喂——！有人嗎？救命啊——！」

雪下得越來越猛烈。

風也是越吹越大。

忙了老半天，最後換來的卻是這種下場。

這是做什麼都恣意妄為的報應啊。

我開始詛咒自己乾脆就這麼去死算了。

然後很丟臉的，我逐漸失去了意識。

在恍惚的記憶中，我依稀看到有個馬戲團的大型氣墊拖車停了下來。

看來是有不知道哪來的好心人看到了我。

「這孩子還是老樣子……」

「哼，自爆啊……還好沒有被牽連到。」

記憶中，還聽到似曾相識的男女對話聲。

「有在呼吸嗎？」

「勉強有。」

對方伸出手掌確認我的鼻息之後，聞了聞氣息的味道便不屑地說：

「看來是酒後在這條路上騎車。」

「也就是自作自受?真是個笨蛋耶。」

雖然想要回嘴，但我的意識已開始朦朧。

「要走了嗎？」

「他也沒脆弱到非要我們在這邊趕快幫他做點什麼不可吧。」

「幸虧你生得硬朗呢，小笨蛋……」

「這傢伙大概是死到臨頭也改不了。」

怎麼回事，他們也來到火星了嗎？

地球圈果然很無聊吧。

這兩個人自然不可能救我，不過好像還是幫我聯絡了有急救醫護的醫院設施。

話說回來，還好他那時候沒有那架叫作重武裝的鋼彈呢。

因為那傢伙運送傷患的方式，實在太粗暴了。

當我恢復意識的時候，已經是在醫院的病房內，兩腳都用石膏固定並吊在病床上。

起火的搭檔似乎是成了前來相救，讓我免於凍死的救護隊方位指標。

醫生告訴我說，要讓那老化的骨頭癒合，就算使用這裡最新的醫療技術，也要花上兩個月才能完全康復。

這樣一來，就會經過新年。

前後加起來不就是兩年了？

如果是希洛，當天就自己動手治好，換成我卻成了這副德行。

我向天神發誓，以後再也不酒後騎車。

雖說我並不相信神。

無論如何，我再也不會犯了。

這並不是為了自己。

為了燒得一乾二淨的搭檔，我決定以後再也不犯這個錯。

MC-0015 FIRST SPRING

「你真是蠢得讓人啞口無言。」

希爾妲在面孔衰老，又無法行動的我面前這麼說。

她戴著黑框眼鏡，身上穿著看起來要價不菲的套裝。

穿在交疊的雙腳上的細跟高跟鞋和迷你裙與她搭起來恰到好處，令人臉紅心跳。

一段日子不見，希爾妲已經變成了充滿知性的美女，讓我一開始還以為她是其他人。

我則是一成不變……不，是變得更加沒出息了。

因為付不出住院費，最後我只得哀求她。

在我的舌粲蓮花之下，有個中年護士和我交情還不錯，我拜託她上網搜尋有對姊弟的馬戲團，但他們並未出現在火星上。

又沒有其他認識的人，我遂陷入無計可施的窘境。

我是有跟院長表示治好傷勢之後，會在醫院工作還債，但對方完全無動於衷。

真是家黑心醫院，我也沒有拜託他們，就擅自給我注射地方疾病的疫苗。

枉費我特地偷渡到火星來。

不過我還是有持續老化的現象，所以他們給我注射的肯定是假貨。

而且酒後騎車的事也露了餡，如果現在出院，就馬上會被送進監牢。

火星的監牢可糟糕了。

據說是進去之後就再也出不來。

更別說我這個骨折的大叔，恐怕更不可能逃出去了。

就在我如此手忙腳亂之際，希爾妲不知從哪裡聽說了消息，來到這家醫院。

「是剛好經過的吉普賽馬戲團裡面的人告訴我的。」

希爾妲以十分無奈的語氣這麼告訴我。

她說自己目前正在火星南半球的拉納格林共和國國立圖書館內任職館員。

我整張臉頓時緊張得僵硬起來。

那我肯定已經處在半徑9．46拍米內了。

「你放心，我不會跟你索取賠償金。」

看起來拒人於千里之外，但骨子裡倒是跟以前一樣。

「因為你需要的是醫藥費嘛。」

就算我是個無法動彈的傷患，也不用讓我聽這麼無聊的冷笑話吧（註：日語的賠償金和醫藥費發音類似）。

「抱歉啦。」

我毫無誠意地隨口道了個歉。

誰要真心感謝她啊。

能利用的就盡量利用，再來就拍拍屁股走人。

雖然出了院，但搭檔已經成為一團廢鐵，我也沒地方可去。

沒辦法，只好上飛機偷渡到南半球去。
我孑然一身，要去哪裡都可以。
當我第一次看到南半球時，簡直興奮得不得了。

南半球竟然是整塊相連的大陸！
這就是火星最大的馬爾斯大陸？
根本就是最棒的越野車旅地點嘛！

雖然覺得不好意思，我還是一路往拉納格林的希爾妲住處投靠去了。
她就住在一棟外觀清淨的大廈內。
看來圖書館館員的薪水還不錯。
「真拿你沒辦法耶！至少想辦法賺你自己的伙食費啦！」
在火星賺錢——沒有聽到像這樣的冷笑話，我就該偷笑了吧（註：日語的火星和賺錢發音類似）。

這個國家的中央地帶有著「拉納格林海」，那是一座高樓大廈林立的巨大海上都市，相當繁榮；而海的周圍則有著零零落落的恬靜漁港，應該算是不錯的居住場所。

雖然跟我沒什麼關係。

我就在漁港的酒吧內打工當酒保，暗地裡則是做類似保鑣的工作，還有靠出老千的賭博賺點小錢，然後想辦法再打造出一輛搭檔。

這次在泥地胎上捆個鍊條的話，我想就算是碰上路面結冰，應該也不會再出問題了。

我在回家路上的廢物商業者那裡發現了寶物。

雖然是二手貨，但業者放了一具火星用越野摩托車「戰神黃蜂號βⅢ型」的1500CC引擎在販賣。

要偷出來是很簡單，但身為一個重視榮譽的男人，就必須好好工作，再拿工作的報酬來買才行。

這是我對新搭檔的敬意。

等著我來買吧，戰蜂！

隔天起，我就滿懷著希望努力工作。

我動口哄騙女人，認真地趕鬧事者出去，並用心地使用「招術」。

積蓄一路累積之下，終於存到了再一點點就可以買下戰蜂引擎的金額。

「你真是蠢到無藥可救耶！」

希爾妲一把拿起我用來存小錢的儲蓄豬公。

「長這麼大了，還不懂嗎？」

「還我啦！我好不容易把我的豬公給養肥了耶！」

「這些就當作是我的精神慰問費，我拿走了！」

然後她就摔破了我的豬公，把裡面的錢全部拿走。

「…………」

這個世界根本沒有愛。

我根本就不愛她。

我從來就不懂什麼是愛情。

我只是想要戰蜂的引擎而已。

「我們結婚吧！」

「咦？」

希爾妲回過頭來問了一聲。

「我愛妳，我們結婚吧！」

不管是酒、香菸還是女人，我都會戒掉。

辮子也會剪掉。

就連迪歐這名字都會就此拋棄。

不管是結婚還是趕死攻擊我都做（註：日語的結婚和趕死攻擊音感類似）。

總之我什麼都願意。

我就是沒辦法放棄「戰神黃蜂號βⅢ型」的１５００ＣＣ引擎。

我想要騎車奔馳在無止境的馬爾斯大陸上。

「跟我結婚吧，希爾妲！我以前都沒發現，我一直愛著你！」

只要順利登記結婚，夫妻就可以合併財產。

只要搭檔到手，就什麼都成了。

說實在的，我估計也會被拒絕。

但看來我說要剪頭髮奏了效。

「我知道了，既然你有這樣的決心。」

於是我拉著希爾妲的手，帶她到漁港的教會。

這教會的老神父欠了我很多錢。

都是我用撲克牌誆騙來的。

就是因為他沒有認真宣達「福音」，才會有這樣的下場。

我以等同免費的費用舉辦了婚禮。

而我頭上辮子的斷髮儀式，也是在這裡舉行。

不好意思了，海倫修女。

永別了，索洛。

這都是為了我的新搭檔。

你們會原諒我吧？

我不需要什麼祝福。

不期待光明的未來。

我既不信奉和平主義，也不是單身主義人士。

並且，我也肯定不是結果論者。

我得以告別先前一直拖著我走的過去。

而幸虧如此，我依然是我。

我安分了兩三個月。

當然，我覺得我比先前還更加勤奮地工作。

我甚至還去做駕駛土木工程用ＭＴＦ（火星土改設備）的肉體勞動工作。

因為不管是保鑣還是出老千的賭博，在附近都已經無人不曉，賺不了什麼錢。

我只好瞞著希爾妲去收拾不法分子賺取賞金，還插手做聯邦政府欺負弱勢者而強迫禁止的物品走私工作。

因此賺到相當的報酬。

豬公二世為了我的搭檔三世而豐滿起來。

我的第一代搭檔是「死神鋼彈」。

記得那原本也是我偷來的。

後來讓人幫我改裝成「地獄死神鋼彈」。

這搭檔實在是棒透了，但因為除了戰爭之外就沒有其他用途，最後淪落被銷毀的命運。

在我過度操使之下，在銷毀前，機體各處就已經殘破不堪。

加上我又沒有好好整備，布魯塞爾一役成了它最後的戰場。

第二代則在先前化成了一堆廢鐵。

這次的將會是第三代。

最後我的存款終於存夠，於是我讓豬公二世自行了斷。

新搭檔的零件已全部湊齊，我就在教會後面的倉庫中，油汙滿身地拼裝車身。

我一試催油門發出引擎聲，立刻聽到無比的樂音。

「喂，麥斯威爾。」

老神父向我搭話。

我的心情正無比雀躍。

「怎麼了，老爹？」

「看來我是不太可能還錢了。」

「啊～不要在意……我的搭檔已經完成，就一筆勾銷吧。」

「這樣不好吧……」

「我小時候也受過教會照顧……所以什麼都不用了。」

「可是……」

「我迪……不，我皮葛·麥斯威爾雖然取巧狡詐，但就是從不拿窮人的錢。」

我一腳跨上搭檔，猛力催起油門。

「再會了，老爹！」

我全速衝向荒野。

呀呵——————！

雖然有種好像忘了什麼的感覺，但我應該沒什麼過去好回顧。

煩人的辮子現在也沒了。

遠遠的後方好像有個大喊「你這個混帳——」的女性聲音，但馬上就給搭檔的引擎聲給蓋住。

不用在意，不用在意。

反正我是個大笨豬嘛。

MC-0016 FIRST SPRING

火星曆一年過去，我又回到久違的拉納格林。

雖然不願意，但我真是老了啊，冬天的夜晚還是令人難以招架。

即使已經用了在泥地胎上捆綁鍊條這種絕技雪地胎，但遇上結冰路面，還是摔了好幾次。

每次一摔，我都會感嘆自己實在很蠢。

後來到了冬天晚上，我就不再騎搭檔上路，改待在酒吧。

我已經又開始喝酒跟抽菸。

頭髮則是長到差不多長度就會剪掉。

我並沒有要找希爾妲，所以沒有去海上都市，而是朝駱駝山丘腳下的漁港騎去。

順道經過了老爹的教會。

這還真是讓我嚇了一大跳。

希爾妲居然穿著一身修女的模樣，在照顧一群不知從哪來的小鬼。

「嗨……妳在幹什麼啊？」

我一派輕鬆地詢問。

但話才說完，希爾妲就立刻翻臉。

「你開什麼玩笑！」

她突然抓住我的右手臂，往背後一扭，將我的手制伏在後面。

「全都是被你害的！」

然後我就直接被這個暴力女壓制在地上騎著。

車衣因為感受到衝擊而「砰」的一聲膨脹起來。之前的事故就是幸虧這樣，讓我的背脊椎免於受創。

「唔……痛，好痛，妳到底是發生什麼事啦？」

「那個老先生去世，把教會送給你啊！說什麼當作借款的抵押！」

前OZ宇宙軍，也是前女友，又是前國立圖書館館員，現在是修女的希爾妲對我如此說道。

「結果這間教會欠了一屁股債，早就是走投無路的狀態！裡面收容了一堆孤兒，就算用上我在圖書館的退職金也不夠還，現在變成是我欠一屁股債！」

我感覺右手會被她給折斷。

這傢伙的關節技可不是說笑的。

「你的肩上是不是除了死神，還坐了個窮神啊？你說要怎麼辦啊？」

「妳要我怎麼辦嘛？」

「離婚！現在馬上離婚！」

「咦？」

「咦什麼！就是因為財產跟你合併，才會有今天這樣的問題！」

糟糕……我忘了她是我的前……妻。

「妳自己申請離婚，不就得了嗎……」

喀嘰——我聽到了這個不想聽到的聲音。

「好痛————！」

從前有個聖人說過——

如果你的右手給人折了，那就再伸出左手。

但我可沒有那種胸襟！

況且左手臂才在一年前骨折過。

「這裡還有一群無依無靠的可憐孩子！我怎麼可能放得下他們離開？」

「這種事，我哪管得了那麼多！」

「你這個人，怎麼可以壞到這種程度！」

我想說我只是個右手臂讓人折斷，可憐又無力抵抗的大叔吧。

雖然有堆積如山的牢騷想要抱怨，但還是吞了回去。

因為希爾妲抓住我的下巴，把重心往後一放，折起我的背來。

再這樣下去，我的腰就會被她給折斷。

「投……投降！我輸了！」

我認輸了。慘敗。

我伸出癱軟無力的右手，在離婚申請書上簽下名字。

我簽下「Pig Maxwell」之後，她馬上大吼「不要鬧了」。我沒辦法，改簽「Duo」，結果她又說我還在讓過去牽引著自己，輕輕搥了我一拳。

「那我是要怎麼簽啦？」

希爾妲說出了一個我從來也沒聽過的名字。

「James Clerk Maxwell」——

這據說是許久以前，蘇格蘭物理學家的名字。而在戶籍上，這好像就是我現在正式的名字。

據說是登記結婚時，希爾妲隨便取的。

她把拼寫方式一個字母一個字母地告訴我，我努力照著簽了名。

她教拼寫的方式令我有種奇妙的感覺。

真是不可思議。

就像是處在一陣溫暖之中，又像是在溫柔的掌心中，感覺很模糊。總之我從未體驗過。

這跟小時候疼我的海倫修女那份溫柔感並不一樣。

剛才那凶狠的模樣就像是在騙人似的。

有種滿足的感覺。

「我總覺得……妳好像變了。」

「是嗎？」

我以為是沒戴黑框眼鏡的關係。

也想說是因為穿上了修女服。

不，我又轉而一想，或許是由於我離開了一年。以地球而言，是大約兩年時間的關係。

但是怎麼想就是奇怪。

我是絕對不會使用天使或女神這樣的形容，而且怎麼樣都不適合。

我的心裡面浮現了一個關鍵詞：「母親」。

但馬上就打消這個想法。

我不可能懂得這個詞的感覺。

因為從我出生到懂事期間，我都是自己一個人。

接著，我就被迫簽下了高額的借據。

且要我同意以捐款給休拜卡教會的方式還款。

她的口氣雖然不是命令，但就像是話中帶有魔力似的，有種讓我遵從的能力。

接著她給我起了一個麥斯威爾神父的新外號，還拿出一件黑色的神父裝給我。

都已經離婚了，為什麼還會讓希爾妲管到這個地步呢？我完全搞不清楚她的意思，但還是照著做了。

身為摩托車騎士，我得保護好自己的背脊和脊髓。

在右手的骨頭癒合之前，我便暫時留下來叨擾這間雖說是教會，但又像是孤兒院的地方。

裡面的那些小鬼因為對吊著手臂的我覺得有趣，老是纏著我，實在很煩人。
好不容易骨折好了而拿掉繃帶，希爾妲突然用力拍我的背一下。
這一下痛到如果把衣服翻起來，我想一定可以看到出現紅色手印的程度。
「好了，你該出發了！」
希爾妲要我出外旅行。
她明豔照人的笑容絲毫沒有騙人的感覺。她說：「手是治好了，但人就沒有藥醫了！不管我說什麼，你一定都聽不下去吧！」
「神父，慢走！」
就連那些小鬼也都齊聲送我出門。
「出去好好賺錢吧！」
「加油——————！」
於是我便滿心感慨地騎上搭檔，插入車鑰匙一轉——
——幾天後。

我來到一間小鎮的酒吧。

桌上各發了五張撲克牌。

我的對手是不法的通緝要犯。

我手中的四條牌型從牛仔帽和我的手之間隱約露出。

這是我要老千的結果。

就在我不斷積極加注之下，這個不法惡徒終於不支認輸。

「你到底是什麼牌啊？」

「豬……」

「啊？」

「跟你這笨豬打牌，當然是拿豬啊（註：撲克牌中，不成牌型的牌，在日本俗稱作豬）。」

「你是在唬人啊！」

我臉上露出笑容。

跟笨豬玩牌，還需要用到唬人嗎？

這傢伙可能是察覺到殺氣，馬上站起來往店外衝去。

但很抱歉，我可沒有好到會輕易放人一馬。

我往他前方地上開了幾槍招呼。

愛用的霰彈槍則是穩穩地瞄準著這個收入對象的後腦杓。

這傢伙立刻站住，全身發抖地轉過身來。

「你到底是誰？」

這個通緝要犯又開口詢問。

這時候的我還很老實，就認真地回答了他的問題：

「我是壞蛋……」

「少說笑了！」

會在這時候說笑的人，性格肯定很扭曲。

「那就這麼說吧……我是受到死神和窮神緊逼，要取你性命跟錢財的麥斯威爾神父。」

因為在我說完之前，這個膽小鬼就拿出手槍想要開槍，所以我立刻早他一步用

霰彈槍打爆了他的腦袋。

到底是誰害的呢？我的性格扭曲得就像是複雜骨折似的。

這之後，我就成了化身為老千賭客兼賞金獵人，流浪各地並捐款給休拜卡孤兒院（教會）的麥斯威爾神父——

MC-0018 NEXT WINTER

休拜卡孤兒院同時是教會，所以也會慶祝耶誕節之類的。

但是日期就很隨便，是自行決定。

總之就是唱唱聖歌，開開慶祝會了事的小型派對。

如果能起碼準備個氣泡酒的話，我是可以參加一下啦。

我知道會慶祝耶誕節，是在機場銀行要把捐款轉出去的時候。

——神父要當耶誕老人，記得要帶禮物過來喔。

希爾妲傳了封這樣的訊息。

我已經演了這麼多的角色，還要再丟個不一樣的身分給我啊？

不過我想到自從我把娜伊娜．匹斯克拉福特託給希爾妲，已經過了一年半的時間，也該是要過去看看才行了。

以地球來說的話，就是三年。

希爾妲跟我抱怨「昔蘭尼之風」還是沒有現身。

其實有娜伊娜在，她輕鬆了不少，居然還敢發牢騷。

聽希爾妲說，她還是幫那個眼神不善的小鬼綁了辮子。

我聽了捧腹大笑。

這樣一來，不就跟小時候的我一模一樣了嗎？

他一定是成了我的犧牲品，在裡面讓人欺負吧。

不過我可以理解希爾妲的心情。

每天都困在這群小鬼頭中間，偶爾也是要發洩一下情緒。

我很同情迪歐，但不會去安撫他。

少年人血氣方剛，要是沒有自己承擔的覺悟，那以後可就累了。

哎呀，這還真是跟我一樣呢。

要是承擔得太多，也是值得商榷。

我在購物中心買了件二手的耶誕老人裝，還買了副假鬍子。

背上的袋子則是裝了要給那些小鬼的沉重禮物。

我跨上搭檔，離開機場，朝著拉納格林前進。話說回來，這傢伙年歲也大了，車身上下已經殘破不堪。

要是不跟迪歐來個定期保養，明年的車旅可就慘了。

不知道那個囂張的小鬼會不會幫忙。但也沒什麼啦，只要好好地將小孩子當作大人看待，他們就會乖乖做事。

不知他之前遭遇過什麼事情，他的眼眸裡深藏著歷盡蒼桑的悲傷感。

娜伊娜也一樣。

我認識的火星孩子都有個共通點。

那就是：他們全都是在過度的苦難和絕望環境中成長。

這點不但難以幫助，數量也過於龐大。

從小地方一步一步做起，即使僅只是孤兒院中的寥寥幾個人，也要幫助他們從痛苦中解脫，我認為這就是我現在的任務。

這算是不合算的獻身行為，或許其他被我殺死的壞蛋還比較可憐也說不定。

但對我來說，這火星上混濁的空氣較適合我的個性。

所以我不需要人同情，也用不著安慰我。

駱駝峰出現在眼前，但我已經沒有信心可以做出二段跳躍。

要是在冬夜中因為做出這麼蠢的事而骨折的話，那就沒辦法扮演耶誕老人的角色了。

雖然既然都要做了，那讓複製馴鹿拖著雪橇出現，就表演而言或許會比較精采也說不定。

已經可以聽到從休拜卡教會內傳出的那些小鬼的聖歌歌聲。

我用力搥了自己的胸口，讓車衣脹開，展現出胖胖的耶誕老人模樣。

一打開門，我就大聲說：

「嗨！耶誕快樂！」

一段時間沒來，小鬼的人數又增加了。

從帶頭的娜伊娜算起，跟迪歐年紀相當的孩子共有十二個人。

「呵呵呵～！耶誕老人來囉！」

雖然我已經很努力在扮演，但大家顯然並不怎麼買帳。

「為什麼要穿紅色的衣服啊？」

「神父，你胖了嗎？」

「鬍子根本就不搭嘛。」

教會內包含希爾妲在內的所有人雖然都知道有耶誕老人，但並不清楚耶誕老人的模樣。

「你們這些傢伙真是沒有見識耶！」

我感到傷心。

自己是為了什麼才扮成這個模樣現身的啊？

不過我還是一臉歡喜地送他們禮物。

他們紛紛露出歡心喜悅的笑容。

迪歐也很有教會孩子王的風度，公平地將禮物發給大家。

長大的娜伊娜也面露微笑，站在其中。

希爾妲的黑髮已經參雜了幾根白頭髮。

眼圈上也透露出這陣子經歷的辛酸。

就稍微配合一下她的牢騷話吧。

今天晚上禁酒禁菸。

當我在後面的倉庫拆解搭檔的引擎時，那小子果然不出所料現身了。

我裝作一副不知道的表情。

「真是的，看不下去了啦。」

他這麼一說，就將我拆下的零件泡到機油中，拿起刷子開始清理零件。

「不好意思啊。」

我這樣說，但他並沒有回應。

「這邊的也拜託你了。」

我把裡面塞滿了齒輪、螺絲、鏈條、轉軸之類零件的箱子推到他的面前。

「這是我個人給你的耶誕禮物！」

這對機械迷來說，是最棒的玩具箱。

那天晚上很安靜。

迪歐是個能幹的小鬼，他會將小小的指頭套進擦拭布內，細心地清理黏在零件細小地方上的油汙。

整理工作的進度超乎我的預期。

「喂，那個希爾妲修女……」

不知是不是對單純的工作感到無聊，小鬼主動找我搭話。

「以前是不是在哪裡當幹員啊？」

有人問我問題，我就反問回去。

這就是我的風格。

「你為什麼會這樣覺得？」

「她在教訓人的時候，真的是很辛辣耶。」

「呵呵呵……是啊。」

畢竟她強悍到連我的右手都可以輕鬆扭斷呀。

「你不跟她結婚嗎？」

「笨蛋，神父跟修女不可以結婚。」

「哼，明明是假神父，還真敢講。」

「…………」

小鬼就好好地當個小鬼，不用知道那麼多大人的事情。

「你也真是勞碌命耶。少管別人的閒事，多擔心自己的事吧。」

「我自己就算了……我這種人……」

「…………」

「我真正擔心的是娜伊娜姊姊……她一到晚上，就會一直望著窗外。」

「是嗎……」

「父母什麼的還真是麻煩耶……讓人一直等著。」

即使自己多麼追求自由，但也不能選擇親生父母。

有著匹斯克拉福特和諾恩海姆血統的命運，還真是艱苦又棘手啊。

「還好我孤身一人。」

「而且還讓希爾妲收留，你運氣也不錯。」

雖然我沒打算要撫慰他，但還是不小心說了出來。

「嗯，算是吧……希爾妲修女對我很好。」

沒有被她欺負嗎？

那還真是好運。

我在這小鬼的年紀時，沒有住處，留著一頭亂髮，整天就靠偷東西過日子。

我沒有比較的意思，但我遇見海倫修女的時候，比這傢伙和希爾妲相遇還要晚個兩年。

我們接著繼續默默地工作。

「我想啊……」

辮子頭哲學家靜靜說：

「人類的價值……應該就藏在內心中吧。像是溫柔，還是回憶之類的。」

「哦……」

「雖然父母親很麻煩，但沒有他們的話，就沒有我，而且要是心中不存在價值，那就不會明白生存的意義了。」

我剛到火星的時候，也有過類似的想法。這小子也自己用小小的腦袋得出了一個解答。

我開始想要和這個小鬼認真地議論。

「溫柔我沒有意見，但回憶就……」

「是嗎，回憶還比較重要吧？」

「換個比較艱澀的詞，回憶就是『記憶』。」

「這點我還知道，就是Memory吧。」

「嗯，你先聽我說……」

我開始自顧自地聊了起來。

以我來說，在組裝的時候，就算是動嘴巴，手也不會停下來。

「人類的記憶呢，是死掉的話就一切重來。我可不覺得這種東西會有價值啊。而且有好的記憶，也會有不舒服到讓人不想回憶的事吧。」

「我開始想睡了……」

「說到底，與其在意過去的回憶，積極面對未來還比較重要。希爾妲這樣跟我說過，要是一直受到過去牽引，人很容易在不自覺間，才發現已經走到什麼都辦不到的窘境，也就是身心已經受到感傷的脆弱心情所支配。」

「…………」

「反過來說，就算記憶有價值，那同樣的，人的生命也就有了價值……這樣一來，我這個死神過去的所做所為，不就等於是大大破壞了這堪稱人類遺產的重要事物了嗎？」

對啊……

我之所以無法老實地接受這小子的解答，原來是因為我到現在都還在尋找那埋在屍體底下的和平啊。

我只是受到感傷的脆弱心情牽引，不想承認裹足不前的自己罷了。

即使我想要將之斬斷，我的背後仍然留有那長長的辮子。

半毀的聖母像及粉碎的彩色玻璃。

那個景象又鮮明地在我心中閃過。

——麥斯威爾教會的慘劇。

我從那時起就不再有動作了。

我成了殺手和神父身分的麥斯威爾神父。

想要藉由被殺來獲得解脫的人，是我自己。

當我發現的時候，迪歐已經躺在墊子上睡著了。

「會感冒喔。」

我原本想要叫他起來，但後來還是為他蓋上耶誕老人的披風，讓他就這樣躺在原地睡覺。

反正是件沾到了油汙，本來就想拿去丟掉的二手衣服。

沒什麼好可惜。

靜謐的夜晚又更深了。

我迅速地將搭檔組裝完畢。

就在接下來想要到希爾妲那邊聽聽她發牢騷的時候——

我聽到一聲微弱的哀號。

那應該是娜伊娜的聲音。

我從倉庫探出身子，不動聲色地窺看四周情況。

周圍傳來林木摩娑的聲響。

夜空中浮現著那顆有著「冰結的淚滴（Frozen Teardrop）」別名，本義為「驚恐（戴摩斯）」的小小火衛2。

但是光芒並沒有亮到足以減少黑夜的漆黑感。

即便如此，在我的眼睛習慣了黑夜之後——我看到在動的黑影。

有幾名男子肩上扛著已經暈厥的娜伊娜，消失在森林之中。

我伸手把還戴在自己頭上的愚蠢耶誕老人紅色帽子甩在地上。

穿上了雖然沉重，但裡頭放有我生財工具的黑色長外套。

饒不了他們。

他們大概是趁著娜伊娜在二樓窗邊看著外面的時候，下手帶走的。

希爾妲和其他的孩子都沒有發現。其手法相當精湛。

我不動聲色地努力追著他們。

從他們的腳步聲來看，總共有四名男子。

還足以判斷他們應該都是確實受過訓練的人。

而且其行動，就像軍人般有組織。

許久沒有的緊張感頓時湧了出來。

我開始感謝自己沒有喝酒了。

我的「死神正職」是時候回來了。

附近的混混跟不法惡棍不可能統御到這個程度。

姑且猜測，應該是火星聯邦或是諾恩海姆康采恩派來的特務部隊。

微微傳來的規律機械聲，肯定是在這座森林對側等待的Mars Suit。

這可不是用肉身可以交手的對手。

怎麼辦呢？

就這樣眼睜睜看著他們帶走娜伊娜嗎？

我當然不可能這樣做。

只能搶走他們的Mars Suit，與之對抗了。

一出森林，我就看到四架Mars Suit佇立在「拉納格林海」的海岸邊。

而機體的腳底下還停有高速氣墊船。

我猜想穿著黑色衣服的四名男子，應該是打算將娜伊娜搬運到那艘氣墊船。

這時候，娜伊娜恢復了意識，開始微弱地抗拒四名男子。

機會來了。

就在我思考要搶奪哪架機體的時候……

一陣眩目的光線閃過。

有架機體出現在金光閃耀的光線中。

這架機體與Mars Suit並不一樣。

我只瞬間看到機體的輪廓，但形狀既不是鋼彈，也跟其他ＭＳ不同。

「我來接妳了，娜伊娜！」

機體發出那一如往常的冷靜聲音。

是那自稱昔蘭尼之風的傢伙的聲音。

「父親大人———！」

娜伊娜使盡全力喊叫。

下個瞬間，三架Mars Suit就被斬為兩半。

我連他用的是什麼武器都看不出來。

Mars Suit的爆炸及煙塵還擋住了我的視野。

等我察覺時，昔蘭尼之風那光耀眩目的機體已經動手破壞了剩下的最後一架Mars Suit。

好險啊。

要是我坐上去，就會被他瞬間殺死。

「住手！我們手上可是有娜伊娜．諾恩海姆！」

站在氣墊船旁邊的男子中，有個像是主謀的人將手槍抵在娜伊娜的脖子大喊。

但是娜伊娜毫不畏懼。

「不對！我是娜伊娜．匹斯克拉福特！」

她神色自若地說：

「父親大人！請不要在意我！」

這時候，駕駛艙的艙蓋在眩目光芒之中打開，而他則是悠然地從中現身。

「妳長大了，娜伊娜……而且還變得更美了。」

四名男子全都愣在原地。

因為無論是就火星聯邦還是就諾恩海姆康采恩而言，他的模樣都像極了自己這邊的首腦。

但他們肯定不知道那個首腦是個假貨吧。

我沒有從黑色長外套拿出愛用的霰彈槍，而是拿出附有狙擊鏡的狙擊槍。

娜伊娜勇敢挺身而出。

「父親大人！請動手吧！」

於是我就依她的請求下手了。

ＢＡＮＧ！我槍殺了主謀。

沒有哪個生命是該死的。

連我死神都這麼講了，肯定不會錯。

獲得自由的娜伊娜，立刻奔向昔蘭尼之風所在處。

有兩個人上前追她，還有一個人則是過去想要幫忙抱起倒地的主謀——我用狙擊鏡一個個地瞄準剩下的這三個人。ＢＡＮＧ！ＢＡＮＧ！ＢＡＮＧ！下手狙擊。

我的技術也真是變差了。

殺四個人，居然用上了四發子彈。

以前的話，用兩發就夠了。

不過環境是逆光，那幾位再怎麼說也算是職業級，我也才剛重操舊業，還請大家稍微見諒。

包括坐在Mars Suit裡面的四名駕駛員在內，他們應該也有著回憶吧，甚至也會溫柔地對待別人。

但是他們剛好就撞上妖精與昔蘭尼之風重逢，運氣太差了。

而且再怎麼講，到希爾妲跟我的家中擄走寶貴的小姑娘，這是最可恨的行為。

如果不想失去重要的事物，那就絕對不要犯下去搶取別人重要事物的行為。

「娜伊娜……」

「父親大人……」

光芒中，娜伊娜與那傢伙相互擁抱，為重逢而歡喜。

我還沒看過感情如此深刻的親子。

原來這就是親子的感情啊。

我想到一陣暈眩，這不只是光芒造成，似乎還有別的原因，一種我觸摸不到的感覺。

我想這樣的情境對我而言，絕對不可能存在。

光芒中，娜伊娜大聲叫道：

「神父！你在那裡吧？神父！」

當我一走到眩光之下，她便丟出一個小袋子給我。

「那個，請交給迪歐……是耶誕節的禮物。」

我探了探袋子，裡面裝的是綁頭髮用的褐色髮圈。

透明的包裝盒上，還黏上了可愛的兔子貼紙包裝，很有女孩子味。

「這點東西實在不成敬意，但我覺得辮子跟他很搭配。」

娜伊娜似乎端莊地對我行了禮。

她閃耀得就像是太陽就在我附近似的。

我把手伸在額上遮光，仰起頭來往上看，但光線實在太過刺眼，看不清楚。

完全沒辦法看出機體的形狀。

「喂，妳就這樣走了嗎？還是直接交到他手上吧。」

「不了，他是個害羞的孩子……而且再過去也會打擾到大家。」

「我會帶娜伊娜到諾茵身邊……這段時間有勞你了，麥斯威爾神父。」

兩人就此消失在光芒中。

我想，那一定是因為關上了駕駛艙的艙蓋吧。

「請幫我向希爾妲修女問好。」

機體就這麼帶著耀眼的光芒，飛向遠方。

那獨特噴射器過度噴射的噪音，有種令人懷念，隱約在記憶中聽過的感覺。

「難道那架機體是……」

對機體雖然不是沒有底，但應該不是昔蘭尼之風在找的那一架。

周邊一下子就回到一片漆黑。

「娜伊娜走了吧。」

背後傳來希爾妲的聲音。

「嗯，還叫我幫忙問好。」

「真是個好孩子……她身邊都是些不規矩的孩子，希望沒有受到壞影響。」

「不會的，有他在就肯定不會有問題……這個，交給迪歐吧。」

我將褐色的髮圈交到希爾妲手上。

「哇，很棒耶！之前他都跟你一樣用繩子綁呢。」

「笨蛋，我是用橡皮筋。」

「我就知道迪歐是她的『中意對象』呢……迪歐也是『娜伊娜姊姊、娜伊娜姊姊』地叫著，兩個人好不親密。」

平安夜——平靜的耶誕夜，我們的妖精跟著昔蘭尼之風一起出發了。

「……以後會冷清不少了。」

夜空中，「冰結的淚滴」緩緩地，簡直溫吞地像個蝸牛似的在天際移動。

「這點才不會有問題！迪歐可是孩子王啊！」

靜靜的海潮聲，聽來真是舒服。

突然有陣刺耳的通訊器呼叫聲傳來。

在強烈雜音之中，對方自顧自地在大聲嚷嚷：

『這裡是魔法師！快回答！』

笨兒子正大聲呼叫。

凱西冷靜以對。

「目前設有安全機制，請以『S．L』重新通訊。」

『我哪有時間做這麼麻煩的──』

凱西「啪」的一聲，切斷了連線。

正確判斷。

就算是數位通訊，也有可能遭竊聽，這點認知算是常識。

更何況在交戰狀態，通訊受到管制的地點，哪有人會用一般的長距離通訊啊。

自從希爾妲硬把他塞給我，是有教他技術，但卻沒有打好基礎。畢竟人小鬼大。

片刻之後，原本眼神就不善的迪歐用更惡劣的眼神，一臉不悅地以加密的機密連線方式出現在虛擬螢幕上。

『喂，臭老爸！傑克斯．馬吉斯行動了是嗎？讓我去吧！話說回來，也只有我可以去吧？』

辮子上的髮圈，用的還是那時候娜伊娜給的那個。

而只剩下領子到胸口部位，已然殘破的耶誕老人服裝則是還像個寶貝似的穿在身上。

說可愛的話是可愛，但終究是個得意又囂張的小鬼。

「隨便你……」

『哼，那是當然的吧！』

畫面倏然交替，換成希洛。

『喂，五飛駕駛「哪吒」出動是真的嗎？』

「嗯，沒錯。」

『為什麼放他出去？』

「我怎麼可能擋得住那傢伙！發現的時候，他早就跑出去了！」

『了解。之後再來清算你的失誤。』

他單方面地切斷了通訊。

「這小子……」

這傢伙還是跟以前一樣，在「講哪些話會讓人聽了不高興就講哪些話」這方面是個天才。

「白雪公主」和「魔法師」已朝攔擊點出發。

凱西向我報告：

「神父，我已經成功駭進監視衛星了。」

「嗯……」

這女孩很像母親，相當優秀啊。

之後再來好好為她說教吧。

「離『哪吒』和『次代鋼彈』接觸，還剩下二十秒！」

正面的大畫面螢幕上，照出了以ＭＡ形態低空飛過赤色大地的紅色次代鋼彈。

「好吧，就讓我們見識見識一下，我們所不知道的『次世代戰爭』吧——」

MC檔案3（下篇）

——數秒鐘之後。

白色三頭翼龍「哪吒」也飛到現場——

映出畫面是由火星聯邦的監視衛星從不同角度的攝影機拍到的。

白色的機翼在赤色的大地上是顯眼過了頭。

但是畫面馬上就變成一片沙塵暴的影像。

我以為是被聯邦軍發現，頓時感到一陣寒意。

「是受到干擾嗎？」

「不是，應該是磁性沙塵暴的影響。」

凱西冷靜回答。

「就算被發現，我也準備了好幾層陷阱，那邊應該什麼都還不知道才對。」

「這樣啊……」

我鬆了一口氣，然後心思就開始轉到五飛所駕駛的那架機體上。

「需要泡杯咖啡嗎？」

她的心思真是細膩。

「麻煩給我黑咖啡……最好是又濃又苦。」

「我知道了。」

不管是咖啡、戰爭還是人生，都是要苦澀才算剛好。

我是個亡命之徒，不管什麼事，要苦澀才符合我的個性。

「白色次代」在ＭＡ形態飛行時的特徵，就在於兩顆頭中間的第三顆龍頭。

相對的，機體並沒有裝備原本該有，與盾牌互動的電熱鞭；配置在該處取而代之的則是光束三叉戟。

上頭裝設附有機槍及大型光束加農的「神龍鉗」，讓機體可以像過去的艾亞利茲或陶拉斯那樣執行空戰任務。

但是在過去的ＡＣ時代，雖然ＭＳ有能力展開空戰，事實上卻鮮少發生。

空對空飛彈的命中率極高，是可想而知的其中一個理由。

由於敵方也具有同樣武裝，雙方頂多落個同歸於盡的下場。

此外，要從發射飛彈時的後座力控制狀態再回到飛行狀態，這類保持狀態時的噴射器微調等操作對駕駛員的負擔相當重，是麻煩至極的事。

那個時候的我，是絕對不會在有引力的地方發動空戰。

其他人應該也是這樣想，所以在那個時代，雖然是有從高空轟炸等地面攻擊型的航空戰，但前往截擊、攔阻的防衛型空戰案例就極端地少。

大家抱持的都是不需勉強在空中作戰，而是先在有利的地點著陸後再攻擊敵人的想法吧。

這種方法可以確實得到戰果，且生存機率也會相當高。

雖然應該也會有少數例外，但在以「死」為鄰的戰場上，士兵也都是抱著「要活下去」的想法在作戰。

因此，就ＭＡ的空中戰鬥這方面而言，一方面或許也是基於機體數量不多，但駕駛者自然也都本著自身的「生存本能」而從未發生過。

我記得即使是不在乎「存活」時期的希洛，也未曾經歷過以「飛翼鋼彈」與對手「空中纏鬥」的空戰。

「XXXG-01W」特色所在，是別名叫作飛鳥模式的獨特飛行形態，其基本戰法是轟炸後離開；或是先在空中攻擊，確保著陸地點安全後再變形著陸，以平常的MS形態作戰。

但這都是以地球而言。

在這顆狂吹磁性沙塵暴的火星，索敵雷達變得毫無意義，空對空飛彈的命中率也是有跟沒有一樣。

在Mars Suit的各種版本中，有幾種是藉由火星低引力的優點設計的輕型空戰機種，但沒有生產以前那種具有可變飛行功能的重裝甲機種。

可是張五飛的機體——

他的「白色次代」——哪吒，從剛才顯示的影像資料來看，採取的是保持在相

當高的飛行高度，等待敵人現身瞬間的行動。

預測的接觸時間已經過了好幾秒鐘，但雙方仍尚未接觸。

其原因肯定就是那已經蓄勢待發的白色三頭翼龍，想要嘗試過去未曾有人經歷過的ＭＳ「次世代戰爭」——空戰。

傑克斯．馬吉斯上級特校駕駛的紅色雙頭飛龍（wyvern），在主螢幕變成沙塵暴的影像前，是以高速低空飛行。

那架「次代初號機」的設計是專用於肉搏戰。

基本設計理念就是以騎士道精神式的決鬥為主要目的。

真不愧是特列斯．克修理納達這個「稀世怪人」所完成的機體。

若以常識推理，會覺得這架機體並不需要附加飛行能力。但與盾牌相連的電熱鞭最能發揮效果，且大範圍展現威力的時候，正是在這個ＭＡ形態上。

高溫加熱的電熱鞭，切斷能力會在高速飛行下帶來更強的破壞力。

這點已經由此機體的第一個駕駛員希洛親手證明。

雖然我只有看過之前的影片紀錄，但我記得那次應該是在地球的盧森堡戰役。

當次代鋼彈從位在地面的數十架ＭＳ中間擦身而過的瞬間，所有機體便紛紛斷開、爆炸而遭到擊破。

這全都是揮舞電熱鞭時產生的破壞效果。

可想而知，這與其說是希洛選定的攻擊方式，更可能是其中搭載的「ＺＥＲＯ系統」經過計算後得出，最有戰術效果的攻擊方法。

或許大家都知道了，當時這個系統正確來說是叫作「次代系統」，但因為幾乎是一樣的東西，所以就算統一叫作「ＺＥＲＯ」也無所謂吧。

問題就在於基本設計案雖然是「決鬥」，系統卻讓「大量屠殺」化為可能。

系統目的雖然放在將搏命行為止於最低限度的鬥爭形態「決鬥」上，但當敵方以大部隊出現時，則容許執行擊退對方上最為有效的「最高限度殲滅」戰法。

這不由得讓人感到矛盾。

而且還是無情而刻意的衝突。

跟「為了『和平』的『戰爭』」這樣的話有著同樣的感覺。

「確切的目的」與「用作手段的功能」既相互衝突，又同時合在一起。

特列斯應該很明白這點，卻令人不解地在決鬥用的MS上配備「ZERO系統」和可變形態的飛行能力。

我不懂他的用意。

雖然不懂，但我後來知道特列斯將這架次代鋼彈稱作「路標」。

或許用意就是要走哪條路，由自己選定。

要「決鬥」還是「大量屠殺」，做出決定的畢竟都是駕駛員本身。

雖然或許是如此，但這必定為要做出抉擇之人帶來過度的精神負擔。

結果，就使得第一位駕駛員希洛的心理層面負荷過重。

他迷失了敵人，也不明確誰是要打倒的對手，結果就採取一味地破壞所有兵器，以及屠殺持有兵器之所有人類般的行動。

那時候的希洛，想必心裡已被瘋狂所侵蝕。

下個駕駛者是駕駛「次代鋼彈」，化名為傑克斯的米利亞爾特·匹斯克拉福特。

這個人是否身陷瘋狂，無人得知。

不過成為白色獠牙領袖的米利亞爾特以「肅清」為名，企圖執行全面屠殺地球人類的行為，是留在歷史紀錄上的事實。

凱西拿了一杯咖啡過來。

她的調理手法細膩，溫度也恰到好處，讓苦味及酸味呈現出絕妙的分配比例。

「真好喝……跟妳母親學的嗎？」

莎莉．鮑是個從醫療到槍戰，甚至是戰艦指揮工作都輕鬆勝任的女子。

「不是，媽媽對這種事情並不拿手。」

雖然意外，卻居然還滿能認同的。

「所以五飛喝的一直都是這樣的咖啡嗎？」

「張老師只肯吃自己做的東西。」

我盯著馬克杯內的褐色液體，靜靜地說：

「原來如此，確實是他的風格。」

這傢伙到現在都還不相信任何人──

五飛恐怕也沒有啟動應該有安裝在哪吒上的「ZERO系統」。與其由機器分析戰況，他更相信自己的直覺。

這傢伙就是這樣的人。

要理解五飛，還有一點要說的，就是他得到特列斯的機體設計圖之後，就自己一個人一點一滴地建造「白色次代」，並在反覆不斷地調整及整備之後，成了屬於自己的機體。

還在試驗駕駛階段就運用在這次的出擊，就像是還沒練習駕駛就直接上場開車一樣，確實是展現了「武人張五飛」的風格。

但話又說回來，為什麼五飛會將那架三頭翼龍的主要配色塗成「白色」及「藍色」呢？我不明白。

我也想過可能是受到特列斯的事所牽引，但就代號是「哪吒」來看，也可想見還藏有與這點不同的情感存在。

從另一個角度來看，就會浮現為什麼特列斯不把照理說是用來決鬥的「次代初號機」塗成白色呢？——這樣的疑問。

我的解釋是：那機體的「紅色」及「黑色」是敗者的配色。

而且還是改革時代，建立起後續歷史的敗者。

給人的感覺是鮮豔的強壯感更勝優雅感。

我想，賦予在那架機體上的，剛好就是特列斯所說，代表優雅英雄的「白色」及「藍色」相對配色。

這時候，主螢幕的沙塵暴畫面消失，回到原來的影像。

「磁力沙塵暴好像離開了。」

「……啊，嗯。」

這樣的話，傑克斯也就會察覺到頭上的敵人了吧。

雙方還沒開始戰鬥。

五飛的哪吒正以傑克斯的次代鋼彈為中心點，呈圓椎狀迴旋。

這是種應用了名為「三角錐飛行」的基礎技術而成的追蹤方式。在俯衝之後，既可以「打帶跑」，也可以帶入「空中纏鬥」。

如果傑克斯有意願，其實是可以全速拉開距離，但他應該是顧慮到這樣會與隨同機體「比爾哥Ⅳ」拉開更大的距離才沒有這麼做。

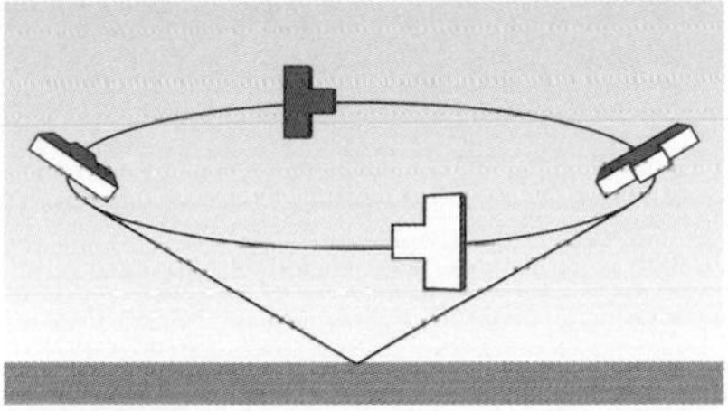
三角錐飛行

何況「ＺＥＲＯ」也必然會給出「帶入長期戰，增強我方戰力將有利於己」的判斷。

就副螢幕上的機體資料所見，續航距離和直線速度是哪吒占優勢。

但是機動與敏捷則是次代鋼彈占優勢。若形成肉搏、接近戰的話，將可保持在有利狀態。

不過五飛仍會執意採取空中接近戰，以空中纏鬥方式進攻——我如此估計。

挑戰對手的長處，以實力屈服、凌駕對手，這傢伙一直以來都是這種戰法。

以練習駕駛而言，已經是到了充分熱身的程度，就進攻時機而言，時機也早就成熟。

「他到底在等什麼？」

就是在這個時候——

雙頭飛龍先一步行動了。

其機首突然往上一揚，以幾乎垂直方式上升。

傑克斯搶先動手。

想必在那空中戰場，「ＺＥＲＯ」認為這般行動是最佳選項吧。

雙頭飛龍露出了獠牙。

機身上的雙管光束砲開火。

發射方向是哪吒的預測飛行方向。

「這可……躲不掉。」

就五飛那種會抱著中彈覺悟持續飛行的個性來看，我如此猜測。

如果那傢伙有開啟「ＺＥＲＯ」的話，哪吒就應該會預測到這發攻擊而俯衝迴避才是。

但是那兩條光束並未跟上哪吒的速度。

哪吒飄然地飛行穿過光束之間，並更猛烈加速。

「怎麼可能……」

我感到一陣錯愕。

計算精密的「ＺＥＲＯ」，沒理由會目測錯誤。

藉由先前哪吒的迴旋飛行，應該早就充分將最高速等的機體性能、氣壓風向等環境資料都完全計算完畢。

「機體資料是不是有誤？」

我對副螢幕上的資料起了疑心。

「資料沒有錯誤。」

凱西斬釘截鐵地說。

看來這女孩對自己的工作能力相當有信心。

「存放在這北極冠基地的機體資料和目前螢幕上顯示的分析資料完全一致。」

「那傢伙說過，是第一次駕駛那架機體對吧？」

「是。」

「…………」

我雙手抱胸，陷入思考。

如果真的如資料所示，那結論就是五飛發揮了遠超過我及『ZERO』預測的「什麼」。

但究竟是「什麼」就無從得知了。

我想那並不只是操縱哪吒的技術。

這時候，哪吒右翼一傾，大幅度往左高速迴旋迂迴，開始反擊。

感覺就像是檔位提高了一段。

「他想要正面突擊嗎？」

這正會成為雙頭飛龍的雙管光束砲標靶呀。

但是三頭翼龍搶先從神龍鉗噴出火球（光束加農）。

對方用以截擊的雙管光束砲卻連擦傷都沒辦到。

下個瞬間，紅翼與白翼就錯身而過。

哪吒的神龍鉗射出的光束加農正中傑克斯的次代鋼彈。

在錯身而過時，次代鋼彈也有猛烈揮舞電熱鞭攻擊，但是哪吒千鈞一髮地閃過了攻擊。

雖然損傷並不嚴重，但「ＺＥＲＯ」的預測接連被顛覆，打擊想必不小。

毫無疑問，傑克斯駕駛的次代鋼彈，迅捷程度更勝預期。

然而哪吒的加減速表現在五飛高超的操縱技術下，卻是遠勝於次代鋼彈的如此性能。

我猜想，現在「ZERO」應該正趕緊修正計算數值吧。

雖然只是數秒時間……五飛當然不可能放過這個空檔。

持續急速上升的哪吒又翻身俯衝，以裝備在神龍鉗上的機槍射擊。

五飛的狙擊準得過頭。

次代鋼彈左翼的其中一座推進噴射器冒出了黑煙。

五飛從以前就慣用連綿不斷的連續攻擊戰法。

牢牢咬住雙頭飛龍背後的三頭翼龍，以光束加農一連放了三、四發。

面臨如此攻擊，還能擦身閃過的次代鋼彈也算是了不起，但是依舊處在危急的情況下。

「沒想到張老師會這麼厲害。」

「呃……嗯……我也很驚訝。」

對手可是搭載了「ZERO系列」的次代鋼彈，為什麼戰鬥初期就可以如此凌駕對方？

「嗯？」

我察覺到兩架機體的主翼差別。

次代鋼彈的紅色飛龍身上罩著火星特有的塵土。

相對的，五飛的哪吒白銀機翼則是光耀如初，未曾減損。

這是他勤於保養的證明。

假使對戰雙方的駕駛員技術和機體性能都完全一樣，那麼勤於保養的一方將會掌握勝利關鍵。

想必五飛是從頭到腳費盡心思在保養機體，盡可能讓哪吒的飛行速度可以再快個幾公里。

何況他還保持在塵土不易付著的高度飛行。

當然，照理來說，傑克斯的機體好歹也會使用「自動保養廠」清洗上蠟，打理好防塵措施才是。

但是五飛更勝於此的用心整備，則是等級完全不同的徹底保養。

機身因此沒有沾上火星的塵土，並顯示出勝過預測機器性能的數值。

空戰時，就算是些微的加速度性能差距，也會大幅左右戰局。

就算「ZERO」已經計算了周邊所有的環境，但或許無法將五飛那「愛護機體的心意」化為數值。

同樣身為鋼彈的駕駛員，我真是服了他。雖說我早就退休，但話說回來也沒什麼，五飛的所做所為從以前就是充滿了驚奇。

「這小子是氣勢如虹的現役啊。」

白色的三頭翼龍——哪吒仍持續猛攻。

相對的，紅色雙頭飛龍——次代鋼彈，則是藉由機體特性賦予的迅捷性能，一直採取閃躲行動。

傑克斯放棄了冒出黑煙的噴射器元件，而為了保持平衡，他又卸除並未受到創傷的右翼噴射器。

正確判斷。

一般而言，會很難下決心棄置正常的噴射器。

尋常的駕駛員是無論如何都會掙扎的。

他的乾脆判斷奏效。

機身變輕的次代鋼彈，速度立刻上升。

接著傑克斯就機巧地上下搖擺機翼。

那特技般的飛行方式讓位在後方狙擊的五飛無法鎖定。

於是追擊的哪吒也跟著加速飛行。

從油門全開的全速前進狀態再進一步加速，就像是檔位打到了最高檔似的。

「速度還可以上升嗎？」

凱西驚訝地叫出聲。

「嗯，因為正是進攻的時機呀！」

哪吒就這麼持續加速，並確實捕捉到次代鋼彈的尾部噴射器。

接著便與接近到與電熱鞭近在咫尺的距離。

「這招好！」

現在不是在意極限的時候。

「時機就是現在！」

我不自覺大喊起來。

「要收拾對手，就要趁著事情變棘手之前！給他決定性一擊吧！」

就在這個時候——

次代鋼彈緊急減速，做出了驚人的空翻後，反而來到哪吒的後面。

這情況確實就像是要互咬對方尾巴的惡犬打架「DOG FIGHT」。

雖然他們一定承受了超乎想像的G力，但雙方都毫無困難地克服了。

「可惡！」

我咂舌了一下。

我當然知道情況不可能就這樣了結。

「ZERO」會不斷地改寫資料，編排出可因應對手的戰術。

隨便想也能清楚知道，拖到長期戰將會不利於己方。

剛才的接近戰未能打出「決定性一擊」，真是太可惜了。

可是五飛的哪吒並沒有退縮。
他的噴射器開始噴射得更加猛烈。
以令人驚訝的超加速，一口氣拉開了和次代鋼彈的中間距離。
快到甚至好像瞬間消失似的。
「怎麼可能……」
「真的假的……」
除了驚愕，已經做出不任何反應。
他達到了比最高檔更高的境界。
那架機體到底能多快啊？這絕不是用心整備什麼的能到達的水準。那速度就好像在說前面的只不過是牛刀小試而已。
「這樣一來，『ZERO』又必須重新擬定戰術了。」
「實力完全壓倒對方呢。」
「這還不便就此下定論。」
哪吒再次朝次代鋼彈的正面飛去，並從神龍鉗不停地發射機槍和光束加農。

陷入中彈危機的次代鋼彈，明顯地被逼入絕境。

五飛的攻勢占了絕對的優勢。

突然間，基地內的揚聲器響起了理查．華格納的樂音。

「這是……？」

「是『女武神的騎行』。」

「我不是在問曲名……我是問這是什麼意思。」

「這也是『神話作戰』的一環。而且既然要觀戰，我覺得亢奮一點也好。」

我無法理解她的感性。

「我們必須支持張老師繼續奮戰。」

就算這樣，我們自己在這邊亢奮也沒有意義吧。

「難道那傢伙也聽得到這音樂嗎？」

「當然不會。」

凱西心平氣和地喝完手中咖啡。

「但是，我認為我們的心意會傳達過去。」

如果是必勝之仗，華格納的樂曲是會提高戰意，但要是必敗之仗，這富麗的旋律可就讓人悲痛了。

不知是不是從我的臉色猜測，她沉靜地說：

「沒問題，張老師的哪吒會贏。」

對了，我現在才想起來，她的母親莎莉有種如神明附身般的靈力感應。

「而且，我們現在也只能相信張老師了。」

凱西的眼神充滿自信。

原來如此，或許真是這樣。

就算這是種主觀的期望，但越能「信賴」的人，人生將會更加豐富。

五飛的哪吒緊緊地跟在次代鋼彈的後面，持續保持在有利的戰鬥位置上。

光束加農的攻擊呈現出節奏感。

發展一如所願。

次代鋼彈像是耐不住猛攻，失速往下落去。

該不會是被擊墜了吧？
哪吒開始緊急俯衝，追了下去。
但這是陷阱。
傑克斯的次代鋼彈拉起了機體，以稱作「8字形古巴飛行」的側8字形方式連續在空中翻轉。

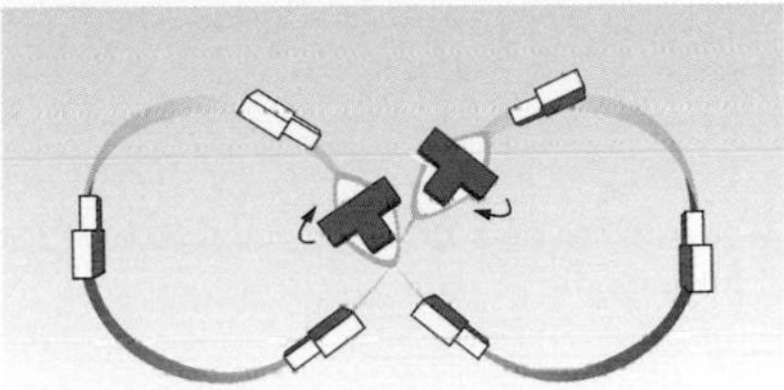

8字形古巴飛行

五飛的哪吒太過接近。

不管有多麼高速，其軌道都已經被「ZERO」估算出來。

次代鋼彈的電熱鞭畫出了大大的弧形，重重地創傷了哪吒的盾牌。

如果是高速戰鬥機也就罷了，但重裝備的MA居然能做出「8字形古巴飛行」，實在令人驚訝。

盾牌上的傷口，代表了先前在高速戰中占優勢的三頭翼龍，其機翼已經遭對方拔除。

使得空氣阻力產生不正常的負荷。

就在我認為已經不能再持續空戰的時候，哪吒已經像個圓椎似的旋轉墜落。

然而次代鋼彈也一樣從空中墜落。

我似乎是錯過了剛才一瞬間的發展。

雙方再度接近時，五飛憑著不屈的鬥志使出光束三叉戟，漂亮地刺中次代鋼彈的胸部。

這種捨身殺敵的戰法，果然是五飛的風格。

這場空戰可說是哪吒的絕對勝利。

兩架機體都在墜落到地面前就開始變形，各自以ＭＳ形態矗立在大地上。

現場兩架同樣名為「次代」的機體，特殊的外觀讓人想像不到是「鋼彈」。

一架是給人重裝甲質感的機體，一架則是給人氣質柔軟纖細氣質的機體，雙方所持武裝的形象也互成對比。

五飛的哪吒——是機身裝備了足以用粗野形容的神龍鉗，同時又以俐落的藍白色調為基礎的白色次代。

然後——

傑克斯的次代鋼彈——是架配色採用恐怖黑色的機體，其右手握有會綻放出綠色光束的大劍，感覺就像是美麗夢幻的極光似的，而銀色的左手則裝備了像是灼熱恆星般高熱火紅的長長電熱鞭，以及塗有動人紅玫瑰色的盾牌。

左手之所以是銀色，是因為在「ＥＶＥ ＷＡＲＳ」時，被飛翼鋼彈零式斬斷，之後用新零件改裝所致。

其左上方的胸肩部位，還刺有方才哪吒插入的光束三叉戟，到現在都還一閃一閃地冒出火星……

傑克斯的次代鋼彈將手中的巨大光束劍一插入大地，就以空著的右手將光束三叉戟從胸肩處拔出，回丟給五飛的哪吒。

其行動帶著高傲的態度。

堂堂正正的舉止，就像是在決鬥之前，想要彌平對方武器上的不利似的，又像是在否定剛才完全就是在互相探底和鬥智鬥力的空戰。

我對傑克斯的次代鋼彈產生了他並不介意這點損傷的倔強印象。

「傑克斯．馬吉斯為什麼要這樣做？」

凱西問道。

高亢的曲子已經演奏完畢。

「因為他是傑克斯。」

咖啡已經變得相當溫涼。

「不過你也提到過，那位傑克斯．馬吉斯上級特校並不是傑克斯吧？」

我將其中咖啡還沒有喝完的馬克杯放在旁邊的桌子上。

「沒錯……他不是傑克斯本人，但不管是思考方式還是行動模式，都跟從前的傑克斯一樣。」

另一方面，五飛的哪吒則像是理所當然似的接住光束三叉戟，拿在頭上轉動，然後不偏不倚地將戟尖朝著對方頭部正面對峙，全身散發出超然的鬥氣。

我感覺聽到坐在操縱席上的五飛，那勁道十足的高吼聲。

相對的，次代鋼彈呈現出冷靜沉著的態度，就像是在觀察交戰對手一般。

雖然空戰已經結束，但雙方仍未分出勝負。

對峙雙方的對視，就像是會持續到永遠般未曾動過。

兩者都不停地計算著相互的間距及動手的時機。

先下手的人是——

傑克斯的次代鋼彈。

以對峙雙方的距離而言，高溫灼熱的電熱鞭將可發揮有利的效果。

大幅度向對方揮舞，像是在牽制的電熱鞭如蛇一般扭動，但突然就直直向前伸出，以尖銳的前端刺出。

五飛的哪吒向後躍了一步。

然後，他面對立刻進逼的電熱鞭，將手中光束三叉戟往下一揮。

但是電熱鞭又變得像是軟鞭似的，閃過了光束三叉戟的這一揮，接著就蛇行纏住戟柄，封住對手的後續行動。

如果是我的搭檔面臨這樣的狀況，就會拿著被電熱鞭纏著柄的光束鐮刀直接衝往對手懷中。一旦轉為近身格鬥，那條長鞭就會失去作用，接著再用光束鐮刀斬向對手，就可了結一切。

但是五飛並沒有這樣做。

他反而後退半步，將拿著光束三叉戟的左手往後一拉。

次代鋼彈的電熱鞭整個伸直成了一直線。

再來哪吒就伸出右手臂的神龍鉗，朝著面前的對手射出威力強大的光束加農。

五飛的抉擇正確，我的戰法比較有風險。

我以為必然命中。

但是傑克斯的次代鋼彈閃過攻擊。

就像是「ZERO」已經預測到這次攻擊似的往上一跳，用手中巨大的光束劍用力往下揮。

過去這一擊攻陷了宇宙要塞巴爾吉。

其破壞力無與倫比。

五飛則展現出勇猛果敢的舉動，面對這無可轉圜的危機毫不畏懼，反而更大膽地進攻。

他立刻點燃肩部噴射器，往下用光束三叉戟往上攻擊。

閃光迸發——

哪吒的光束三叉戟和次代鋼彈的光束劍的鋒刃猛烈相撞。

這場衝突如果是在無引力的宇宙空間，必然是五飛的哪吒勝出。

相對於次代鋼彈放棄噴射器元件所招致的動力損失，哪吒將會更有勁力。
雖說如此，但猛攻而來的次代鋼彈卻是來勢凶凶。
他點燃了僅存的所有噴射器，更藉由火星的引力，以蠻力強壓光束三叉戟。
五飛的哪吒仰面摔到了地面。
他跳起的時機，或許是快了零點幾秒鐘。
因此錯失推回對方攻擊所要的最高輸出時機。
就這點而言，五飛的勇猛造成了不利的反效果。
傑克斯的次代鋼彈又向前撲殺，向哪吒揮出巨大光束劍。
白色次代以受損的盾牌撥開這一擊，並以光束三叉戟回擊，同時又毅然以神龍鉗近距離砲擊。
然而「ZERO」或許連如此反擊都已經預測到，次代鋼彈以一連串的組合攻擊，在巧妙躲開光束三叉戟和加農的同時，將形勢帶入自己擅長的肉搏戰。
演變成如此情況的接近戰，五飛的哪吒卻仍可閃過光束劍的致命一擊，已經令人大為讚嘆了。

但即便如此，那以些微差距避開攻擊的裝甲上，仍可見擦傷逐漸增加。

其盾牌已經不復往昔，形體損毀不堪。

要是不先拉開距離，暫緩這一面倒的情勢，次代鋼彈的無情猛攻將會更加如火如荼地益發激烈。

如此一來，受到致命傷也只是時間上的問題。

「但是，要怎麼搞……要怎麼做，才能從那樣的狀況逃出？」

我脫口說出心中的話。

凱西聽到我這句話，意外地回答道：

「張老師……用『ZERO』……」

「咦？」

「請啟動『ZERO系統』。」

她如同祈禱般地衷心說著。

遺憾的是，這應該是不可能的事。

想打開局面，這確實是唯一辦法。

只是那傢伙是個不管處在什麼狀態，都只會用自己的能力作戰的人。

「那是值得信賴的系統。」

凱西眼眸有著堅定的信心。

「您是為何要將這架機體的代號取作『哪吒』呢？」

她毅然如此說。

我對她的印象產生了變化。

原本一個單純不知世事的小女孩，會講出遺傳自母親的堅毅話語，這難道是因為接連體驗了ＡＣ時代一連串檔案而造成的影響？

不一會兒，我看到五飛的哪吒胸部中間球體「戰況分析珠」瞬間從綠色變成了紅色。

「那……那傢伙……」

我不明白他的心理發生了什麼樣的變化。

但可以確定的是，哪吒原有能力的「ＺＥＲＯ」已經啟動了。

一開始我還擔心是否來不及。

不過看來是我多慮了。

白色次代的迴避動作變得更迅速。

而且從神龍鉗發出的光束加農，精準度也變得準確許多。

標的還集中在次代鋼彈在空中時受損的左胸肩部位。

身為武人，這種手法或許會顯得卑鄙，但就賭上生存的戰士而言，這可說是理所當然的行為。

這是拋棄了自尊心的反擊。

不，其實是有效率的攻擊——這樣說或許比較貼切。

白色次代同時展開反擊和防禦，對手的攻守步調因此亂了套。

局勢瞬間丕變。

受到加農的砲火集中攻擊，傑克斯的次代鋼彈向後一退。

哪吒又以神龍鉗從側邊揮向次代鋼彈。

這一擊打得相當紮實。

次代鋼彈整個失去了平衡。

趁著這個空檔，哪吒便離開原地，站到距離相當遠的位置重振旗鼓。

哪吒這時的反應速度，我想已經遠遠超越了ＭＳ這種兵器的水準。

這是場過去我們從未直接見到的「ＺＥＲＯ」對決——這個當下，他們仍然是在開啟一場「次世代戰爭」。

「太了不起了，老師。」

凱西放下心頭的重擔，如此說道。

但是她剛才下指示的時機實在很恰巧。

「我問妳，妳跟那傢伙沒有在通訊吧？」

「是的。」

是偶然，還是他們真的心意相通呢？

無論如何，五飛確實有了「某種」變化。

從小時候就像個老頑固般的人，看來是在這次學會了「信賴」還是「寬容」之類的態度。

戰場回歸平靜。

雙方所處的狀態幾乎對等。

雖然有受傷，但如果有你死我亡的覺悟，就還有找出勝機的機會。

——同歸於盡。

雙方「ZERO」會得出的答案，恐怕就是這樣。

據說過去中興的山克王國受到襲擊時，在那場攻防戰的最後，有兩架事實上都算是自己人，且均搭載了「ZERO系統」的機體——飛翼鋼彈零式（駕駛者：傑克斯）和次代鋼彈（駕駛者：希洛）曾經對決過。

當時雙方的「ZERO」不斷互相預測彼此的行動，得出近乎「平手」的結論，最後導致系統自動關閉。

這次的情況跟當時的狀況並不一樣。

因為傑克斯的次代鋼彈和五飛的哪吒是明顯敵對。

分出勝負的關鍵，就掌握在兩方機體內的駕駛員身上。

技術水準雖然相同——

但最後會是忠實執行「ZERO」所下指示的傑克斯，還是才剛決定相信哪吒所配置的「ZERO」的五飛勝出？

要比較兩者差異的話，我想就只有這個部分了。

可是就在對決出現結果之前，卻發生了我們忽略的問題。

「神父……事情不妙了。」

這時的凱西跟剛才就像判若兩人似的。

她的臉色變得慘白。

在另一台螢幕的索敵雷達上，映出了三道機影。

監視衛星的螢幕上也映出了遲來的三架MD「比爾哥Ⅳ」。

這三架的背上都搭載了高機動用推進配件，但可能是判斷這裡就是戰場，在著陸同時便紛紛卸除肩部噴射器套件。

接著，這三架就開始依照傑克斯的意思行動。

這也就等於對方已經建立起一支可以確實徹底執行「ＺＥＲＯ」所立策略的高整合度戰鬥部隊。

白色次代在戰術以及戰鬥上都陷入了絕對不利的窘境。

如果哪吒的「ＺＥＲＯ」只集中在打倒次代鋼彈下達判斷，肯定會失敗。

但話又說回來，也沒有其他打開局面的好辦法了。

未來的選項已經少到令人絕望的地步。

就我的記憶而言，比爾哥的Ⅲ型是在火星軌道上的「ＯＺ」ＭＤ自動生產工廠「火神」中大量製造而成。

在瑪莉梅亞事變之後，照理說就已經決定廢除所有的ＭＤ及其生產工廠了，不過要說惡質的諾恩海姆康采恩那些傢伙會暗地回收這些資源，那可一點也不意外。

隨便想也知道，他們想必是有效利用那些資料，把火星土改設備（ＭＴＦ）改造成了Mars Suit吧。

並且應該也將比爾哥從Ⅲ型改款成為Ⅳ型。

雖說如此，Ⅳ型的外觀看起來和白色獠牙所用的Ⅱ型並沒有太多不同。

就連機體配色也沒有特別變化，跟我當初交手時一樣。

就資料分析畫面中所了解，機身雙肩依然是各配備了四具，總共八具的有最強防禦之名的星球守衛。

但是比爾哥Ⅳ的這件配備是採用了最新技術，電磁防盾系統更為強化的裝備，名稱就叫作「新型星球守衛」。

而手中的長管光束步槍相當類似過去「拜葉特」拿的武器，其破壞力可能遠遠超越哪吒神龍鉗上的光束加農，足以匹敵飛翼零式的雙重巨型步槍。

三架比爾哥Ⅳ同時發射了手上的高能量型光束步槍。

五飛的哪吒便運用噴射器往背後跳躍退開。

如果是尋常的跳躍，大概已經中槍了。

哪吒避過攻擊的同時，又在神龍鉗的最長射程邊界發射光束加農。

面臨此攻擊，三架比爾哥Ⅳ放出了總共二十四具的新型星球守衛，張開複雜三重結構的電磁防禦網應對。

光束加農的火力就連最外側的防盾都無法突破。

形勢不利已經是顯而易見的事。

不論是破壞力還是防禦力都呈現懸殊的差距。

情況已經到了根本用不著比較雙方基本戰力比的地步，要五飛一個人作戰可說是困難至極。

也許次代鋼彈的「ZERO」早就在戰術上預測到比爾哥Ⅳ會在這時候到達也說不定。

如果真是如此，那麼不管是戰力或是戰術，對方就完全占了優勢。

這情況完全是束手無策。

五飛的哪吒為了逃避比爾哥的光束步槍，變成了白色的三頭翼龍——MA形態，飛上了空中。

目前唯一的優勢，就只有這個機動力了。

如果可以撤退，還真希望五飛的三頭翼龍就這麼飛走。

但是我想五飛應該還不打算放棄吧。

看來在哪吒的「ZERO」算出可行的對策之前，都會一直保持飛行。

這像是身負不屈鬥志的五飛會做的事。或許正因為「ZERO」會提示永不放棄戰鬥的未來，他才會對哪吒投以信賴。

即便最後等著他的會是多麼悲痛的結果……

不光是我，就連凱西也都感到無望，但就在快要放棄的時候——

有人藉由加密的連線方式傳來通訊：

『我是特洛瓦．弗伯斯……請以機密連線的F到T頻道回應。』

凱西立刻迅速動手操作，以機密連線方式回應：

「這裡是北極冠基地，已經完成連線。」

螢幕上出現了弗伯斯。

『以下是白雪公主要我傳達的話……哪吒的迴避方向指示：東北方02PX．78DY地點，叫他快點過去。』

我對著通訊器出言抱怨：

「你跟希洛講！自己直接跟五飛說這種事情！」

『他目前正以「ZERO系統」執行作戰行動，無法通訊。而我這邊有試過與「哪吒」通訊，但並不成功。』

「以『ZERO』執行作戰行動？」

我的內心頓時湧現一個叫作「希望」的詞緊緊扣住我的心。

主螢幕上的白色三頭翼龍已經轉往東北方。

「這樣一來……」

我忍不住露出笑容。

看到這樣，還能不笑嗎？

「不好意思，可以幫我這樣轉告希洛嗎？就說『哪吒』因為也啟動了『ZERO系統』，無法通訊。」

『我說過我無法與他通訊。這已經講第二次了。』

「那你就跟我那個笨兒子講！五飛已經前往指定地點了！」

『抱歉，凱西．鮑，我並不是通信士。我已經轉達白雪公主的話，任務結束。而且我也沒有和氣到會跟老人家聊天。』

「收到……這邊會自行聯絡魔法師。」

凱西裝出笑容，朝著螢幕這麼說。

她似乎也稍微整理好情緒了。

「不過呢，弗伯斯，對他稍微和氣點，不也很好嗎？」

『…………』

「老人家跟女孩子可是比你更容易受傷呢。」

『通訊完畢。』

特洛瓦．弗伯斯單方面切斷了連線。

「我說了什麼讓那孩子不高興的話了嗎？」

凱西一臉困惑地自語。

她剛才在閱覽「傑克斯檔案」，可能不知道，對現在的這傢伙來說，「女孩子」和「受傷」這兩個關鍵字是禁語。

不過聽來還挺開心的。

雖然兩個人都把我叫作「老人家」，這次就特別原諒他們吧。

畢竟剛剛那樣一來，戰況將會不變。

希洛的白雪公主正使用「ＺＥＲＯ」在執行作戰，這等於是有了打開這險惡狀況的方法。

而且已經啟動「ＺＥＲＯ」的哪吒，必然會與白雪公主同步作戰，選擇會掌握勝機的方向執行。

「魔法師已經聯絡完畢。」

「凱西，麻煩將迴避方向的地點顯示到螢幕上。」

「收到。」

螢幕上立刻顯示了複雜的地形圖。

仔細一看那閃爍的地點，是塊深邃的溪谷。

此地的地形，左右矗立著高度超過５００公尺的岩壁，越往裡面走就越是狹窄。

「喂喂喂，這種地形……」

最後是條完全的死路。

「會沒路可逃……對吧？」

「可是張老師已經往那個方向前進了。」

才剛湧現的希望，瞬間就蒙上一層陰影。

如果要在那個地形立於戰術上的優勢——

我全力用上平常不太用的該方面思考回路。

如果是卡特爾，大概就會馬上淺顯易懂地說明了。

腦海中想像得到的，就只有在該地點埋伏，將三架比爾哥Ⅳ和次代鋼彈誘來之後就封住來路，再以白雪公主、魔法師、哪吒三架機體包圍殲滅或是挾擊對方。

不過這點程度的戰術，次代鋼彈的「ZERO」大概馬上就想得出對策吧。

而且就算白雪公主等三架機體同時攻擊，在那新型星球守衛的絕對防禦力之前也形同虛擲。

即使用出什麼奇計奪到了比爾哥Ⅳ的光束步槍，其破壞力也無法攻破三重的電磁防禦網。

「還有什麼戰法……」

我這樣的人不可能推測得了「ZERO」的想法。或許現在能做的，就只有抱持信心看著他們在主螢幕上顯示的戰鬥過程了。

「迪歐傳來回應的訊息。」

「他說什麼？」

「他說：『期待我的精采表現吧！』」

「什麼啊？」

這實在是太脫線了。他還是一樣，是個沒有緊張感的囂張小子。

雖然我也沒有資格說他。

白色三頭翼龍中了比爾哥Ⅳ的數發攻擊，但仍持續飛行。

速度已經降低許多。

是為了當作「誘餌」引誘他們前往那個地點，而故意減速飛行的嗎？

還是損傷嚴重到那樣的速度已經是極限？

無論如何，都必須在次代鋼彈的「ＺＥＲＯ」發現希洛他們之前完成行動。

但卻發生這樣顛覆我預測的事情。

「那個笨蛋……什麼精采的表現。」

在進入深邃溪谷之前，披著披風，拿起光束鐮刀的魔法師已經悠然擋在谷口。

那架機體應該是要暗中行動，能力才能徹底發揮的啊。

真是的，不要跟別人說你叫「迪歐」。

「我對你可無法抱有期待。」

比爾哥Ⅳ的目標似乎改設定為魔法師了。

他們馬上以光束步槍集中攻擊。

魔法師快速地左右迴避，同時又向前突進。

移動時，那黑色披風的殘影留下了詭譎的行跡。

靈動的步法值得讚揚。

在比爾哥Ⅳ的索敵雷達上，恐怕是已經誤測到數架到數十架的複數魔法師身影了吧。

光束步槍的攻擊開始朝向不正確的地方誤射。

魔法師的外號看來並非虛名。

魔法師在不規則運動的同時，速度又變得更快。

但是不管有多麼靠近——

到達最接近位置的魔法師，朝著電磁防盾大舉光束鐮刀刺了過去。

一如預期，並無法撼動有著鐵壁般防禦的新型星球守衛。

雖然又在外圍以圓形運動尋找比爾哥Ⅳ的破綻，但當然是不可能找到什麼死角地帶。

這時，白色三頭翼龍轉身回到了戰場的上空。

或許是再也看不下我那笨兒子的莽撞行為。

雖說以他那滿身是傷的狀態，不管是要支援還是自殺攻擊，說無謀還真是無謀過頭了。

對方的光束步槍立刻對準到上方。

同一時間，魔法師也使出光束鐮刀進攻。

三頭翼龍則是發射神龍鉗上的光束加農。

空中與地面的協同行動形成緩急有序的絕妙波狀攻擊。

雖然不足以讓比爾哥Ⅳ招架不住，但這樣的聯合行動並不差。

「那算是在誘敵嗎？」

凱西直截了當地提問。

「那兩架都是嗎……」

這確實可行。

莽撞的攻擊加上無謀的自殺攻擊——

在這場壯烈的戰鬥背後，白雪公主正冷靜地找尋狙擊瞄準的目標。

即便是火星聯邦的監視衛星，想要發現披著附有特殊隱形功能披風的機體也是不可能的事。

應該也不會讓次代鋼彈的「ＺＥＲＯ」運行的戰況分析探查網捕捉到。

我心中突然想起一件事。

白雪公主和魔法師在數個小時前，與卡特莉奴的馬格亞那克交手時的戰鬥資料在我的腦海中浮現。

我記得那時希洛只用光劍應戰。

機體在裝載到長距離高速氣墊艇「VOUAGE」時，應該還配備巨型步槍。

但是當時並沒有使用此裝備。

希洛雖然嘴上講「要殺了卡特莉奴」，其實並沒有採取最確實的方法。

也就是說，他把這件武器當作了殺手鐧。

白雪公主的巨型步槍與飛翼鋼彈採用相同的專用能源匣裝填方式，若以最高輸出發射，彈數為三發。

再加上備用能源匣，則可以再發射三發。

可是——

我暗自在心中計算，但面對新型星球守衛的三重結構電磁網，就算是最高輸出的巨型步槍也無法擊穿。

假設都連續命中到同樣位置好了，雖然最外側的防盾或許會破壞消失，但既然無法靠近比爾哥Ⅳ和次代鋼彈，就自然沒道理會一舉反敗為勝。

沒有更大範圍又具有威力的攻擊，就突破不了那三重結構電磁網。

而且還得要快速連續達成。

——你辦不到……我辦得到。

許久以前，希洛曾這麼跟我說過。

你確實是個會將不可能化為可能的人。

哎呀哎呀，這時候就只能乖乖地看著他們表現了吧。

黑色披風的頑皮鬼一樣還是在電磁網的周邊環繞，戲弄著中間的ＭＤ。

比爾哥Ⅳ並不善於應付肉搏戰。

另一邊由傑克斯操縱，位在中心的次代鋼彈則是要近身交手才可以發揮本領。

用不著「ＺＥＲＯ」判斷，也很清楚對方會向突擊而來的魔法師進攻。

就在比爾哥Ⅳ對著在頭上採取三角錐飛行的白色三頭翼龍同時射擊時，傑克斯的次代鋼彈舉起了光束劍向魔法師攻去。

迪歐就是在等待這一瞬間。

他從黑色披風內側取出一顆像是手榴彈的物體往空中擲出。

那是巨型步槍的備用能源匣。

次代鋼彈下劈的光束劍與魔法師往上砍的光束鐮刀在中間猛烈撞擊，發出激烈火光。

魔法師順勢翻手，拉住了次代鋼彈的光束劍牽制其行動。

接著另一隻手就以彷彿魔術師般的驚豔手法拿出兩個備用能源匣，跟剛才一樣丟到了空中。

「原來如此，有這招啊！」

希洛的白雪公主肯定就在高崖上，拿著巨型步槍伺機而動。

０２ＰＸ・７８ＤＹ地點。

他大概是為了避免被發現而在那裡以臥射姿勢瞄準目標。

飛在空中的三個備用能源匣，呈自由落體動態往下落向比爾哥Ⅳ的三重結構電磁網。

從我猜想的地方，接著就射出了一道直線眩目的閃光。

希洛扣下巨型步槍的扳機。

最高輸出的能源光束命中了第一個備用能源匣而發生大爆炸。

最外側的電磁網與八具星球守衛同時消失。

即使是用了「ＺＥＲＯ」，這一發漂亮的狙擊事實上仍堪稱是精準無比，極度細膩。

能從那樣遠的距離狙擊旋轉落下的能源匣上那小小的雷管，除了驚奇之外，已經無法用其他話形容。

而且若不是用這種方法，也無法提升到足以同時消滅電磁網與星球守衛的巨型步槍的數倍威力。

經過了零點幾秒的時間，能源光束命中了第二個備用能源匣，消滅了第二面電磁網。

再過了零點零幾秒的時間後，第三個便爆炸，將所有的新型星球守衛及電磁網

清除得一乾二淨。

受到激烈的電漿能量與灼熱的奔流影響，周邊被洪水般的閃光所吞噬。

比爾哥Ⅳ失去了最強的防禦。

但是可沒有人會因此而放鬆攻擊。

尤其五飛更是毫不留情。

白色三頭翼龍立刻俯衝變形成哪吒降落，同時藉著光束三叉戟及神龍鉗的光束加農連續攻擊，瞬間將比爾哥Ⅳ一架架擊破。

其速度快到都還來不及看清楚。

剩下一架——場上只剩下傑克斯的次代鋼彈。

魔法師若能發揮原本的實力，當場就可以制住對方。

但是迪歐並沒有這麼做。

可能是受到剛才大爆炸時的閃光影響，而瞬間停下了動作吧。

這就真的是無可厚非了。並不是因為他是我兒子，不管是誰，身處在那陣爆炸閃光的旁邊都會這樣。

那小子的精采表現已經十足超乎我原本的預期了。

傑克斯的次代鋼彈就這麼變形成紅色雙頭飛龍，飛向天空而去。

對方的行動明顯是在徹退。

就算五飛的哪吒再次變形成ＭＡ形態追擊，以目前裝甲受損嚴重的狀態，依然無法追上。

雙方的「ＺＥＲＯ」都得不出除此之外更好的方法。

「任務全數結束……總算是贏了呢。」

五飛這時傳來了加密的通訊訊號。

『這裡是哪吒……行動結束。』

「收到……真是漂亮的一戰呢，張老師。」

『不，凱西准校……我太弱了。』

「怎麼會？」

『哪吒並沒有認同這樣實力的我。』

「絕對沒有這回事！能夠在張老師這樣勇猛果敢的長官底下做事，我感到光榮至極！」

『我們即將返回……凱西，回去之後，可以為我泡一杯咖啡？』

「是，這是我的榮幸！」

凱西笑容滿面地對五飛敬禮。

「啊，砂糖跟牛奶需要嗎？」

『兩邊都麻煩了……加滿滿的。』

「收到。」

『……謝謝……』

在五飛切斷螢幕訊號之後，我們內心都感到十足放心。

「真是太好了……」

「嗯……就跟妳說的一樣，五飛的哪吒贏了。」

『這可沒有那麼簡單呢。』

通訊器傳來了少女的聲音。

接著主螢幕的大畫面上就出現了面露笑容的卡特莉奴小姐。

『因為再過不久，火星聯邦的空中師團就要到囉。』

聽到這句話，凱西馬上操作面板，擴大了索敵範圍。

「確認完畢……有五十艘巨大運輸氣墊艇正往張老師他們的作戰地區接近。」

他們採取的方法並非戰術，而是戰略上的勝利。

『你們不是有駭進監視衛星嗎？那麼就起碼應該想到火星聯邦也會看到相同的影像，會發生這種事呀。』

跟她老哥卡特爾一樣，說話一語中的到讓人不舒服。

「…………」

我不發一語地動手切掉通訊，但已經完全遭到駭入，所有的操作均無效果。

『啊～對了對了……安全密碼和機密連線都沒有意義喔。』

卡特莉奴小姐嘻嘻笑著說：

『偷偷跟你們說，我可是費了一番苦心呢。』

「氣墊艇上有多少架Mars Suit？」

在凱西回答之前，卡特莉奴便擦著眼鏡自己繼續說：

『上面各載有十架無人飛行型Mars Suit，所以總共五百架。我想大概就連拉納格林共和國的傑克斯．馬吉斯上級特校也逃不掉了。』

「哦，是嗎……那是順便要將五飛他們一網打盡？」

『從各位的角度來看，我或許只是個叛徒而已，但希望你們明白……我們需要鋼彈，尤其是需要希洛．唯。』

「應該有更俐落的方法吧？」

卡特莉奴重新戴上眼鏡，睜大那清澈湛藍的眼眸。

『是我的話當然會那麼做，不過……火星聯邦並非都團結一致，我們也無法阻止軍中高層的失控行為。』

「運輸氣墊艇放出了無人飛行型Mars Suit！白雪公主、魔法師、哪吒已開始進行迎戰！」

「就算我相信這不是妳下的指示好了……妳是為何而通訊？總不會只是想要來解釋這種事吧？」

『其實也算是，呵呵呵。』

「啊？」

『剛才是開玩笑……這次的通訊，是因為會有兩位不速之客到你們北極冠基地，所以我想要先跟你們報告。』

「不速之客？」

『還請慎重接待……報告完畢。』

主螢幕切回了監視衛星的畫面。

『還有……請幫我向希爾妲．休拜卡博士問好。麻煩她對我們手下留情。』

她額外留下了這句話。

現在的我已經沒有立場跟希爾妲說什麼了，這是眾所皆知的事吧。

這姑且先不談，重點是現在的狀況。

我和凱西緊緊盯著主螢幕看。

真是震撼的景象。

大規模的空戰正以溪谷為中心展開。

希洛的白雪公主、迪歐的魔法師、五飛的哪吒正以五百架Mars Suit為對手奮戰，連同剛才的一連串戰鬥，已使他們積勞疲憊。

而且中距離用的巨型步槍，彈數已經全數用盡。

只能用接近戰的光劍斬殺敵人。

即使傑克斯的次代鋼也身陷這場戰鬥，平均一個人也要應付一百二十五架。

不管怎麼看，都會是場壯烈的戰役。

有句話叫作以一擋千，但火器也沒充實到可以實際這麼做的程度。

別說是苦戰，根本就是敗象畢露。

就在這時，背後的匣門突然打開。

回過頭看的我們全都一陣愕然。

站在當下的，是戴著面具的第二任火星聯邦總統及其助理官。

「莉莉娜……」

「西斯克拉福特……」

總統女士脫下了面具，優雅地撥了撥柔順的頭髮，並用她那清澈的眼眸直直看著我們。

「各位安好。」

凱西立刻就有所行動，但我搶先小聲說出「住手」制止她。

「請不用拘謹……我們為各位準備了紅茶。」

說完，助理官露克蕾琪亞．諾茵便端出皇家哥本哈根的茶包和茶杯。

這中間，莉莉娜一度面露悲傷地看著主螢幕上映出的死鬥影像，但立刻移開視線，並苦惱地搖頭。

「喂，我說啊！可以用妳總統的權限停止這場戰鬥嗎？」

「聯邦總統並沒有你想像得那麼有權力。而且，也僅有少數人認同追求和平的想法。」

「哦……那妳還特地闖進敵方陣營來享受這下午茶時間？妳還是沒變，膽子很大嘛。」

莉莉娜啜了一口茶杯中的紅茶之後，露出令人懷念的微笑說：

「看到你一如往昔，我也感到欣喜呢。」

她那只可遠觀的孤高美麗和高貴感跟以前一模一樣。

「娜伊娜的事，我由衷感激，麥斯威爾神父。」

外表雖然長了點歲數，但依舊是個美女。

露克蕾琪亞・諾茵滿是憂愁的眼眸和迷人的口吻也都跟從前沒有兩樣。

「我就開門見山吧……妳們來這座基地到底想做什麼？」

雖然沒有怨恨，但敵意還是從言語間透露出來。

「話先說在前頭，我們可不打算遵從完全和平主義！什麼完全完美的，這世上根本就不可能——」

「希洛……」

莉莉娜正眼注視著我說：

「已經成功甦醒了吧？」

「嗯……他的認知可比妳正常多了。」

「謝謝你。」

她周到的道謝讓我感到意外。

接著莉莉娜就將茶杯交給露克蕾琪亞，走過我們面前。

「…………」

我們無法下手殺死眼的莉莉娜．匹斯克拉福特。

在「完全和平程序P‧P‧P」已然啟動的現下，除了希洛之外都不可能辦到。

我自己也在MC14年的隔年冬天發生的摩托車事故時，被注射了據說是地方疾病用疫苗的「P‧P‧P」。

莉莉娜停在凱西背後的操作面板前面。

然後就打開通訊器，呼叫白雪公主。

「希洛……」

她用的是一般的長途線路。

「希洛，聽到請回答。」

「沒用的……目前希洛．唯已經啟動了『ZERO系統』——」

就在這時，通訊器收到回應，希洛的臉出現在螢幕上。

『白雪公主回答……什麼事？』

明明還在交戰，但希洛仍然保持著冷靜的表情與之應對。

「希洛……」

這位楚楚可憐的少女溼了眼眶，顯見內心因為與心上人見面而歡喜。

「……我好想你，希洛……」

她的聲音沙啞顫抖，話已不成聲。

一滴淚珠自她的臉頰落下。

『抱歉，目前正在作戰……請講事情。』

「……好的。」

莉莉娜堅強地擦去眼淚，凜然而沉靜地一字一字清楚說：

「希洛……快點來殺我吧。」

語氣冷靜。

想必是下了相當大的決心。

即便可以託付之人就只有希洛，但以作為說給心愛之人聽的話語而言，也未免

太過悲哀了。

但是希洛仍如往常般冷冷地回答：

『這項任務我已經接下，這場戰鬥結束後會立刻執行……』

「…………」

『但是，莉莉娜，妳還沒有完成妳的戰鬥。』

「我的……戰鬥……？」

『結束通訊。』

螢幕再次回到來自監視衛星的戰鬥實況影像。

莉莉娜俯首站在螢幕前，心中似乎在思索著什麼。

「莎莉少校……」

莉莉娜緩緩抬起頭來，對著身旁的凱西說話。

「不，我是她的女兒凱西。凱西·鮑准校，總統女士。」

「我可以複製一份用在喚醒『睡美人』的檔案嗎？」

「神父，你認為呢？」

凱西轉而問我。

「如果妳以為所有的答案都在過去，那可就大錯特錯了。」

莉莉娜面色堅定地看向我這邊。

「我了解……但是我現在這樣並無法戰鬥。」

「妳真的覺得可行嗎，實現『完全和平主義』？」

「狀況跟之前的已經不一樣，我正著手實現『新的完全和平主義』。」

她的眼眸閃耀著希望的光輝。

「OK，拿走吧。」

「我衷心感到抱歉，也感謝你……對不起。」

雖然只是些微，但我突然有胸口一緊的感覺。

「謝謝你，迪歐。」

在最後的一瞬間，她回到了原本可愛女孩的笑容。

拜託啊，用不著對我這種大叔施展如此令人心癢的終極兵器。

我可敬謝不敏。

露克蕾琪亞立刻收下凱西交出的記錄晶片，開始複製檔案。

螢幕上仍然播映著激戰影像。

雖然危險，但無人Mars Suit已經少了有一半之多。

該說，真不愧是希洛和五飛吧。

此外，也不能忘了我家那個倍受期待的王牌，還有剛才還敵對的傑克斯．馬吉斯上級特校的表現。

在那般疲憊困苦的狀態下，居然能有如此作戰成果。

還有二百五十架。

他們早就超越了極限。

突然間，有道眩目的金黃色光芒自當地的上空現身。

我記得那道光芒。

「昔蘭尼之風啊……」

那已經是四年前耶誕節的事了。

露克蕾琪亞．諾茵取出檔案已經複製完畢的晶片，看著主螢幕上耀眼的光芒，露出溫柔的微笑。

「是『天堂托爾吉斯』嗎……」

張開美麗天使翅膀的白色ＭＳ，從金黃色光輝之中現身。

「兄長蒞臨現場了呢。」

莉莉娜臉上也浮現微笑。

以前看到的時候，因為光芒眩目而無法看清楚機身全貌，但是這次藉由監視衛星傳來的畫面，則可以看清楚。

沒錯，那架機體是「托爾吉斯」的後繼機。

那衝破厚厚雲層降臨現場，射出白色光輝的機體給人神威照人的感覺。

而環伺其身邊的金色光輝，則會讓人聯想到巨大天使光環的能源環。

就在其能源環突然擴大到極限的瞬間，二百五十架Mars Suit便遭到吞沒而消失無蹤——

（第五集待續）

後記

小弟我雖然沒有資格被稱為「作家」，但是有些足可用驚奇形容的誤解和假消息仍在外界流傳。其中有個好笑的故事，就是編輯告訴我今年的愚人節時，在美國一個叫名作「Manga Market」的網站上刊了一篇「好萊塢將把新機動戰記鋼彈W拍成真人電影！」的報導，而其中竟然有我受訪回答的內容，而且還是用流利的英語！我居然使用了自己都沒看過、聽過的單字！真是又驚訝又超級好笑。有人肯用這個當作梗來報導，對我而言毋寧是件光榮的事，不過像是在維基百科的「新機動戰記鋼彈W」條目中刊載：「隅沢表示自己的目標是寫出『就連動畫御宅族及雜誌編輯等方面都無法參透的書（劇本）』」，這部分我就必須提出異議才行了。而且上面還寫出來源（居然還是取自現在已經無法買到的設定資料集PART-I！），這不就會讓人誤以為是事實而一直流傳到永遠嗎？我那次的發言，是

後記

因為池田導演指示我「要寫出這樣的書」，並不是我自己的意思。而且在這篇文章的開頭還寫著「別說是一般觀眾」，讓我感覺好像是要陷我成為這些人的敵人而故意增刪文章似的。或許有人會說，既然這樣，那提出要求更改的請求不就好了？但這點對於不熟悉電腦的我來說是不可能的任務。去拜託編輯的話，也覺得不太乾脆，不夠漂亮。「明明我就沒有那樣講過」，也只好自個兒咬牙切齒含著淚水，抱著希望有一天會有人發現的心情度過每一天。

各位讀者先生小姐，你們好嗎？我是那個依然嗜酒如命的廢人。

在剛開始撰寫這部小說的時候，「VOYAGE」的操舵手鳥居先生曾為我調出了名叫「Frozen Teardrop」的自創雞尾酒。這邊就稍微寫出調配方式：酒底是使用一種叫作Hypnotic的美麗淺天藍色葡萄柚甜露酒，再調入碎冰和黑醋栗口味絕對伏特加，以攪拌器混合均勻，拌成結冰狀態後，倒進短腳雞尾酒杯中，裡面再加入一粒紅色的櫻桃浮著當作是「火星」。材料的比例相當難拿捏，但重點在於其中有兩顆小小淚珠形狀的冰塊，這代表著「弗伯斯」和「戴摩斯」。順帶一提，櫻桃用綠色或藍色也無所謂，因為火星的行星改造工程已經結束了。這真是好喝到了極點的雞尾酒，微微帶點像是在作夢般的甜味，而在初戀悸動般的酸澀滋味中，還混著溫柔及冰冷感觸，入口順暢，就連平常不喝酒的女性也可以暢飲。不過兩杯下肚就會想要睡覺了。Hypnotic是法文「催眠」的意思，或許會像希洛和莉莉娜那樣進入冷凍睡眠狀態也說不定呢。除了這個之外，鳥居先生也為我調了以蘋果的甜露酒為底的「白雪公主」。如此出色的鳥居先生，目前正騎著大型摩托車享受著北海道和東北的騎車旅行生活，完全就像是麥斯威爾神父那樣的人。不知道他在耶誕節前會不會回來。但因為「VOYAGE」有著艇長身分的店長堺先生這位身手更厲害的高手在，我依舊會繼續光顧。

我想本書也有著未成年的支持讀者，不能光是講酒的話題，真是不好意思。因為這樣（是怎樣？），就容我在這邊談談飾演「鋼彈W」的聲音演員相關祕辛吧。

以正職是動畫劇本家的我而言，在設計角色時，會大大受到聲音演員本人性格影響。許多人常常稱讚在「鋼彈W」中出場的女性角色都描寫得頗為堅強，這點其實都要歸功於聲音演員才是。所有的女性聲優都出落得美麗動人，而莉莉娜正是其中的代表人物。她勇於面對困苦命運的態度，完全就是來自飾演者矢島晶子小姐本身就具備的凜然性格。

說到矢島晶子小姐的小故事，其實令人印象深刻的還不在「鋼彈W」的後製錄音時，而是她在其他地方的時候。有一次我參加某節目的慶功旅行，當男生紛紛爛醉如泥地在深夜露出醜態時，她以平時訓練腹式呼吸練出的有力聲音說：「給我正經一點！」那模樣是我到現在都還忘不了的景象。

雖說如此，她那帶著楚楚可憐少女般的憂鬱，像在表示「這角色實在很難掌握」的認真表情，就讓我覺得彷彿是煩惱著「要怎麼辦，才可以讓世間不再有戰爭」的莉莉娜。

後來與許久不見，已在其他節目擔任導演的池田先生再次碰面時，矢島小姐打招呼後的第一句話就是輕鬆自然地說：「這次還請不要中途消失囉。」那淘氣可愛的模樣真是太了不起了，有夠嚇人。當下我真的有股心情，想要像亞哈特調查官那樣大喊：「在這裡！真的莉莉娜在這裡！」

各位讀者之中，或許會有人覺得這次小說中出場的莉莉娜給人微妙的溫差感，似乎不太靠得住也說不定，但其實這角色的細微兩面性格正是「鋼彈W」的拿手好戲。如果各位理解了這點，我想將能更深入地體會其中世界才是。

尚未繪製出圖像的麥斯威爾神父，聲音是由關俊彥先生擔綱。幸虧有他，我才得以將角色設定成這本第四集的說書人。當然，氣焰囂張的可愛迪歐，我也是採用了關先生的演技提案。

關俊彥先生的聲音，給人歷經滄桑又放不下事情，一直在勉強著自己，但又帶著冷漠不在乎，同時一旦看見遇到困難的人卻會悄悄暗中幫忙的感覺。聽起來相當溫柔而爽朗舒服。

我想，浮現在各位心裡面的聲音，想必也會有這種感覺。主觀視點——而且每次都換一個說書人，能讓我想到這種表現手法，真是太好了。雖說也沒有人稱讚過我就是了……啊，明明還有很多話想說，但只能先在這個地方擱筆了。

還請各位繼續接著看第五集的冗長後記，若能將感想之類的寄給我，我會很高興的。那麼下次見。

隅沢克之

新機動戰記鋼彈W
冰結的淚滴

4 連鎖的鎮魂曲（下）

作者　隅沢克之
插畫　あさぎ桜（角色繪製）
MORUGA（機械繪製）
機械設定　KATOKI HAJIME
石垣純哉
原案　矢立肇・富野由悠季
協力　中島幸治（SUNRISE）
高橋哲子（SUNRISE）
宣傳協力　BANDAI HOBBY事業部
顧問　富岡秀行
日版裝訂　KATOKI HAJIME
日版內文設計　土井敦史（天華堂noPolicy）
日版編輯　角川書店
石脇剛
財前智広
長嶋康枝
松本美浪

©Harutoshi FUKUI 2009
©SOTSU・SUNRISE

Kadokawa Light Novels

機動戰士鋼彈UC UNICORN 1~10（完）

Kadokawa Fantastic Novels

作者：福井晴敏　插畫：安彥良和、虎哉孝征

在可能性的地平線彼端，衝擊性的發展——
嶄新的宇宙世紀神話，在此堂堂完結！

受「獨角獸鋼彈」導引的漫長旅途終於走到盡頭，巴納吉和米妮瓦總算到達「拉普拉斯之盒」所在地。他們意圖將真相傳達給大眾，然而假面之王弗爾・伏朗托再度阻擋在他們面前。如今，圍繞「盒子」的一切恩怨糾葛，即將面臨清算的時刻……

各 **NT$180~200/HK$50~55**

台湾角川

©2012 Touno Mamare

Kadokawa Light Novels

魔王勇者 1~5 完

Kadokawa Fantasy Novels

作者：橙乃ままれ　插畫：toi8、水玉螢之丞

顛覆傳統小說公式！
魔王與勇者攜手挑戰社會結構！

是希望？還是絕望？

魔界與人界邁向最終決戰！而眾人心中的「山丘的彼方」，又將會是什麼樣的風景——？

魔王與勇者攜手同行的新世紀冒險譚，在此堂堂完結！

台湾角川

各 NT$220~250/HK$60~70

©2012 Shouji Gatou, Naoto Okuro, Shikidouji, Kanetake Ebikawa, Toshiaki Ihara

Kadokawa Light Novels

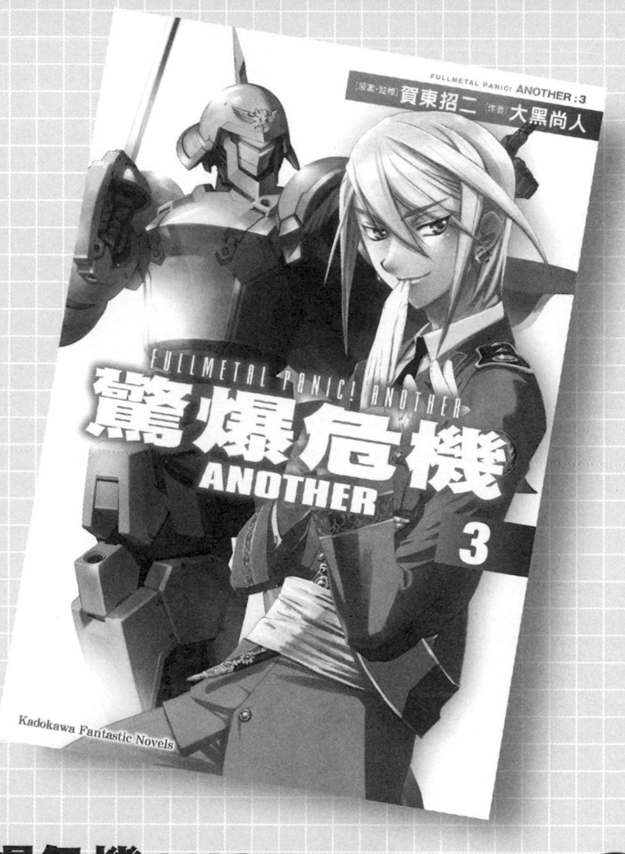

驚爆危機ANOTHER 1~3 待續

Kadokawa Fantastic Novels

作者：大黑尚人　插畫：四季童子

電光石火般的SF軍事動作小說，
現在全力加速！

市之瀨達哉操縱著〈Blaze Raven〉擊退了來犯的恐怖分子。目睹到他身為AS操縱者的優異才能，雅德莉娜心中百感交集。而無視兩人之間的不安氣氛，以前曾在工作時吃過達哉苦頭的阿拉伯王子──約瑟夫竟出乎意料地來襲，向達哉發出決鬥宣言！

各NT$180/HK$50

台湾角川

Kadokawa Light Novels

©HITOMA IRUMA 2012

蜥蜴王 1~4 待續

作者：入間人間　插畫：ブリキ

為了欺騙「神明」，成為「王者」，
我在此踏出了第一步。

少年石龍子積極地進行掌控剛失去教祖的新興宗教團體「中性之友會」。然而身為復仇對象的少女白鷺卻來到石龍子面前，目的竟是與他約會？「最強殺手」之一的蚯蚓將蛞蝓逼上絕境，不具超能力的蛞蝓拚命逃亡，卻碰上正在約會的少年少女……

各 NT$180~200/HK$50~55

台湾角川

©GAKUTO MIKUMO 2012

Kadokawa Light Novels

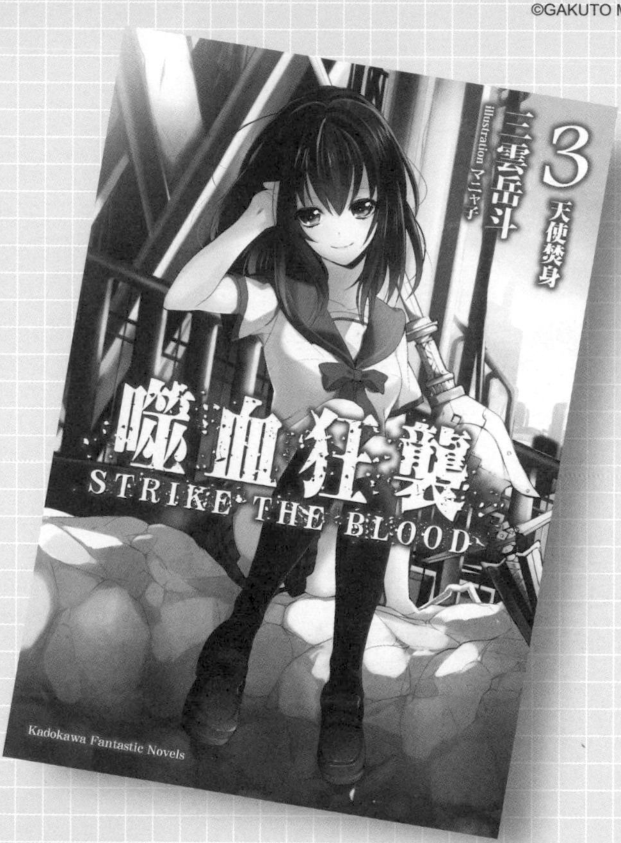

噬血狂襲 1~3 待續

Kadokawa Fantastic Novels

作者：三雲岳斗　插畫：マニャ子

為打倒出現在絃神市上空的「面具寄生者」，古城和雪菜一行人意外陷入苦戰——!?

古城和雪菜當了南宮那月的助手，要捕捉出現在絃神市上空的怪物「面具寄生者」，一行人意外陷入苦戰。結果解救他們脫離困境的是銀髮少女叶瀨夏音。後來古城和雪菜為了追尋失蹤的夏音，受到巨型企業「魔導士工塑」拐騙，孤男寡女被留在無人島上——

各 **NT$190~220/HK$50~60**

台湾角川

Kadokawa Light Novels

©2012 Kugane Maruyama

OVERLORD 1 待續

作者：丸山くがね　插畫：so-bin

Kadokawa Fantastic Novels

大受歡迎的網路小說書籍化！
熱愛遊戲的青年化身最強骷髏大法師！

網路遊戲「YGGDRASIL」即將停止服務──但是不知為何，它成了即使過了結束時間，玩家角色依然不會登出的遊戲。其中的NPC甚至擁有自己的思想。和公會根據地一起穿越的最強魔法師「飛鼠」率領公會，展開前所未有的奇幻傳說！

台湾角川

NT$260/HK$75

©SHINJIROH DOBASHI 2012

Kadokawa Light Novels

逃離樂園島 1~2（完）

Kadokawa Fantastic Novels

作者：土橋真二郎　插畫：ふゆの春秋

沖田取得了遊戲主導權，
逃脫遊戲終於要進入高潮！

利用他人的人與被利用的人、男生與女生，雙方的力量關係不斷浮上檯面，逃脫遊戲在這個狀況下持續進行著。對遊戲趨勢不滿而崛起的女生團體，諸多事件的爆發讓遊戲更加混亂，但「逃離」的條件依舊模糊不清……抓住最後勝利的人到底又會是誰？

各 **NT$180/HK$50**

台湾角川

國家圖書館出版品預行編目（CIP）資料

新機動戰記鋼彈W冰結的淚滴. 3-4, 連鎖的鎮魂曲 / 隅沢克之作 ; 王中龍譯.
-- 初版. -- 臺北市 :
臺灣國際角川, 2013.08-2013.10
冊 ;　公分
譯自 : 新機動戦記ガンダムW フローズン.ティアドロップ. 3-4, 連鎖の鎮魂曲
ISBN 978-986-325-543-7(上冊 : 平裝) --
ISBN 978-986-325-641-0(下冊 : 平裝)

861.57　　　　　　　　102012211

Kadokawa
Fantastic
Novels

新機動戰記鋼彈W 冰結的涙滴 4

連鎖的鎮魂曲（下）

（原著名：新機動戦記ガンダムW フローズン・ティアドロップ 4 連鎖の鎮魂曲（下））

2023年6月28日　二版第1刷發行

作　者：隅沢克之
插　畫：あさぎ桜、KATOKI HAJIME
原　案：矢立肇・富野由悠季
譯　者：王中龍

發行人：岩崎剛人
總編輯：蔡佩芬
主　編：林秀儒
美術設計：黃永漢
印　務：李明修（主任）、張加恩（主任）、張凱棋

發行所：台灣角川股份有限公司
地　址：104台北市中山區松江路223號3樓
電　話：（02）2515-3000
傳　真：（02）2515-0033
網　址：www.kadokawa.com.tw
劃撥帳戶：台灣角川股份有限公司
劃撥帳號：19487412
法律顧問：有澤法律事務所
製　版：巨茂科技印刷有限公司
ISBN：978-986-325-641-0

※版權所有，未經許可，不許轉載。
※本書如有破損、裝訂錯誤，請持購買憑證回原購買處或連同憑證寄回出版社更換。

©Katsuyuki SUMIZAWA 2011
©SOTSU・SUNRISE
First published in Japan in 2011 by KADOKAWA CORPORATION, Tokyo.
Complex Chinese translation rights arranged with KADOKAWA CORPORATION, Tokyo.